KB135613

향
수

鄕愁

박보기 지음

스튜디오 본프리

차 례

향수

나는 헤르만 헷세를 좋아한다. 마음이 스산하거나 불안과 긴장감으로 피로를 느낄 때, 또는 막연한 기대감으로 젊은 날의 설렘을 다시 느껴 보고 싶을 때면 나는 종종 헷세의 작품을 펴들고 책상에 앉는다. 거기엔 나의 어린 시절의 순수와 소년 시절의 그리움, 그리고 청년 시절의 불안과 좌절, 고독과 서정적 충동이 있기 때문이다. 해질 무렵, 어느 조용한 포구의 카페에 앉아 바다를 바라다본다. 떠나가고 돌아오는 작은 통통배들이 만들어내는 하얀 포말들은 덧없는 세월을 되돌아보게 한다. 그때 읽어 보고 싶은 글이 헷세다. 헷세를 만나면 나는 마음이 편안해진다.

헷세는 남부 독일의 작은 마을 칼브에서 태어났다. 그 후 부모를 따라 칼브를 떠났다가 아홉 살 때 고향으로 되돌아와 상급학교에 진학하는 열세 살까지의 소년기를 칼브에서 보내게 된다. 이 기간 동안 한 소년이 느꼈던 고향의 아름다움을 그는 가슴 속 깊이 새겨 넣었고, 동시에 채울 수 없는 갈망과 용솟음치는 낭만적 호기심으로 그의 청춘은 살쪄 갔고 성숙해져 갔던 것이다. 그의 작품들인《향수》《청춘은 아름다워라》《수레바퀴 밑》《데미안》등에 그러한 모습이 잘 그려져 있다. 그 후, 다시 떠난 후로 돌아가지 못하게 된 고향 칼브를 그는 평생 그리워하며 살았다. 그래서 그는 고향 마을을 그의 작품 속에서 한 폭의 아름다운 수채화처럼 자세히 묘사하고 있다. 이처럼 헷세의 정신세계와 작품 배경에는 언제나 어린 시절의 고향 칼브가 있었던 것이다. 그리움이란 격정적이지 않고 평안하면서도 가슴을 따뜻하게 데워주는 아름다운 정서라는 생각이 든다.

　나는 남쪽 바다에 있는 조그만 섬 거문도에서 태어났다. 초등학교 3학년인 아홉 살 때 거문도를 떠나 항구도시인 부산에서 초등학교를 졸업하고 중학교에 입학했으나, 1년 후인 열네 살 때 학교를 중퇴하고 다시 고향으로 되돌아갔다. 당시 고깃배 선원이셨던 아버지께서 6·25 전쟁 중이던 1950년 겨울 동지나해상에서 중국(당시는 전쟁 중이라 중공이라 불렀다)의 경비정에 나포되어 지금의 상해에서 몇 년간

억류생활을 하셨기 때문이다. 그러나 열일곱 살 때 다시 부산으로 나가 중·고등학교를 졸업했다. 고향에 돌아와 머물었던 만 3년간 나는 어부생활을 했었다. 15세의 어린 어부였다.

초·중·고등학교를 졸업한 항구도시 부산이 고향이 되거나 대학 진학 후 40년 가까이 살아온 서울이 고향이 될 법도 싶지만 그러지 못했다. 부산의 영도섬과, 오전 10시와 오후 4시에 하늘 높이 들려지던 영도다리, 부산 항만에 한가로이 떠 있던 거대한 상선들, 남항동 전차 종점과 제3영도교회, 제2송도와 그 바닷가 바위 끝에 서서 푸른 바다를 향해 〈돌아오라 소렌토로〉〈오 솔레미오〉를 함께 부르던 친구들과의 추억이 있는 부산은 생각만 해도 가슴이 설렌다. 또 40여 년을 살아오며 결혼도 하고 아들 딸 낳아 시집 장가보내고 손주들까지 보게 된 서울은 언제나 편안하고 안락한 느낌을 준다. 그렇지만 저 가슴속 깊은 곳에서 솟아나는 그리움은 주지 못한다. 헷세의 가슴처럼, 나 역시 마음으로는 언제나 고향 섬 거문도를 그리워한다. 그곳엔 여덟 살까지의 유년시절의 기억들이 아득하지만 따뜻하게 남아 있다. 보리타작 때 보리이삭을 세서한 후 땔감용으로 쌓아 둔 보리 짚더미 속에서 잠이 든 나를 찾느라 소동이 일었고, 여름철 비오는 날 마을 어느 집에선가 보리와 옥수수를 볶는 고소한 냄새가 퍼져 오면 옥수수를 볶아달라며 어머니의 치맛자락을 끌었으며, 한여름 바닷가 모래밭과 자갈밭에서 깜둥이가 되어갔었다. 간조 시 해초와 바위 사이를 걸어 다니다 파래 밑에 숨어 있는 '쐬미'라는 독침 물고기를 밟아 발바닥이 통증과 함께 부어오를 때, 근처에 있던 벌거숭이 사내아이들이 몰려들어 부어오른 발바닥에다 오줌을 깔겨대던 기억은 지금도 미소를 짓게 한다. 암모니아 성분이 있는 오줌이 독침의 산성을 중화시켜주었던 것이다. 그렇게 즐겁기도 했지만, 무엇인가를 잃어버렸다는 생각에 쓸쓸하기도 했고 육체적으로도 힘들었던 소년 어부 시절도 아직 그곳에 살아 숨 쉬고 있다. 그 시절 나는 바다를 알고 바다를 사랑하게 되었다. 바람과 파도, 구름과 갈매기, 안개 낀 바다에 울려 퍼지는 등대의 무적소리를 이해하게 되었고, 바다 밑을 헤엄치고 다니는 물고기들과 모자반, 잘피, 파래, 청각, 미역, 우뭇가사리, 김 등 해조류와 친숙해질 수 있었다. 밤바다 낚싯배에 드러누워 바라본 별들의 운행과 아름다운 모습을 잊을 수 없어, 지금도 나는 서울을 벗어나 지방 여행이라도 할 때면 한밤중에 혼자 밖에 나가 하늘의 별을 바라보는 즐거움을 갖는다.

사람들은 저마다 자신의 고향을 아름답다고 말한다. 다른 사람의 눈으로 보면 평범한 산천도 그곳을 고향으로 가진 사람에게는 아름답게 생각된다. 고향이 아름다운 것은 그리움 때문일 것이다. 보고픈 사람들, 즐거운 추억이 있을 때 고향은 아름답게 느껴진다. 그런데 그 그리움의 뿌리는 무엇일까? 그 중 가장 앞자리를 차지하는 것은 아마도 어머니일 것이다. 어머니에 대한 그리움이 바로 고향에 대한 그리움으로 변환된 게 아닐까? 그래서 '고향은 어머니이다'라고 말하고 싶다. 혼자서 고향집을 지키셨던 나의 어머니는 가난을 운명으로 받아들이셨고, 외로움을 밤마다 별을 헤아리는 인내심으로 이겨나가셨다. 대학 재학 시절, 방학 중 고향집을 찾았을 때 나무다발을 머리에 이고 마당을 들어서시던 어머니는 마루에 앉았다 일어서는 나를 보고 잠시 반가운 기색을 보이시다가도 곧 일상의 외롭고 쓸쓸한 표정으로 되돌아가시곤 했었다. 저녁, 따뜻한 아랫목에 등을 대고 누웠을 때, 가끔 어머니는 평생 바다와 타향을 떠도는 지아비와 공부한답시고 도시를 전전하는 자식들을 그리며 살아온 슬픈 나날들을 수없이 반추하셨고, 나는 아무 말 없이 눈만 껌벅이며 그 한탄들을 들어드렸었다. 그것만이 내가 어머니에게 드릴 수 있었던 조그만 위안이었고, 어머니에겐 그 시간이 감정 발산의 유일한 기회였었으니까. 한국 문학의 원형原型이 한恨이라는 말을 어느 책에서 본 것 같다. 내 가슴의 한의 원형은 바로 어머니의 운명적인 외로움과 탄식에서 찾을 수 있을 것 같다. 어머니는 살아생전에 가수 이미자씨가 부른 〈여자의 일생〉이라는 노래를 좋아하셨다. 한 많은 인생이었다. 반면에 나는 가수 태진아씨가 부른 〈사모곡〉을 좋아한다. 그 가사의 내용은 어머니의 삶을 그린 수채화요 나의 회한이고 또한 아픔이다. 나는 이 노래를 듣기만 할 뿐 부르지는 않는다. 내가 음치라서가 아니다. 목이 메어 끝까지 노래를 부를 자신이 없기 때문이다.

　나도 이제 이순耳順의 나이를 지나 고희古稀로 접어들었다. 고희의 어원은 중국 당나라 때 시인인 두보杜甫가 지은 〈곡강曲江〉이라는 시의 한 구절 '인생칠십고래희人生七十古來稀'에서 유래했다고 한다. 지금은 평균수명이 거의 80에 이른다지만, 약 1300년 전인 그 당시에 70세까지 산다는 일은 극히 드물었으리라. 나 또한 이렇게 오래 살았으니 행복한 중늙은이에 속하리라. 젊은 날에는 희망과 야망으로 살지만 늙어서는 추억으로 산다는 말이 있다. 늙었다고 해서 희망과 야망이 전혀 없기야 하랴마는, 그래도 추억으로 산다는 말이 참으로 실감나는 나이가 된 것 같다. 그래서인지 나는 지금까지 지나온 세월 속에 묻혀 있던 기억들을 밖으로 토해내고 싶어진다. 60 평생 바다 위를 떠돌다 귀향하셨던 아버지와 만년에는 지난 슬픈 세월마저 기억하지 못하는 몹쓸 병에 걸려 고생하시다 돌아가신 어머니가 묻혀 있는 그곳, 거문도를 중심으로 말이다. 차 한 잔을 앞에 두고 누군가로부터 전해들은 이야기를 다른 사람에게 담담하게 전해주듯이 적어가고 싶다. 또는 현재의 나 자신과 대화를 하기 위한 일기장을 써보고 싶은지도 모르겠다. 만년에 불평이나 하고 자신의 운명과 남을 원망하며 스스로의 마음을 위로하기보다는 지나온 세월 중 정다웠고 존경스러웠던 사람들의 기억을 따뜻한 마음으로 추억하는 것이 마음에 안식이 될 수 있을 것 같다. 그렇다. 그리운 고향과 정다웠던 사람들을 위한 노래를 부르고 싶다. 슬픈 노래가 아니고 그리움으로 가슴이 따뜻해지는 행복한 노래를 말이다.

月下鄕村

秋月屋蓋匏花蒼
浮雲暫憩松樹顚
洞簫淸音狗吠遠
今宵客窓憂不眠

가을 달 지붕 위에 박꽃은 푸르른데

떠가는 구름마저 잠시 소나무 가지 끝에 걸려 있구나

맑은 퉁소 소리 저 멀리 개 짖는 소리에

오늘 밤도 나그네 잠 못 들까 하노라

※어린 시절 내가 살던 초가집 지붕 위에 피었던 박꽃이 문득 생각나서 지
은 것이다. 우가偶訶(=偶書. 偶吟. 문득 생각나서 지은 시)이다.

그리운 동백나무

　겨울이 끝나갈 무렵 남도 지방을 여행하게 되면 동백꽃에 마음을 뺏기는 경우가 가끔 있다. 푸르른 잎과 가지들 사이로 빨간 꽃잎과 노란 꽃술을 수줍은 듯 뽐내고 있는 동백꽃은 갓 시집 온 새색시 웃음소리 같다. 나는 동백꽃을 좋아한다. 동백꽃은 나에게 연인이며 고향이다. 내가 이렇게 동백꽃을 좋아하는 이유는, 내가 태어난 섬마을에는 겨울과 초봄에 걸쳐 동백꽃이 지천으로 피었었고, 봄비라도 내린 다음이면 동백꽃 꽃술 밑에 고인 꿀 같은 꽃물을 따 먹으려 입가를 노란 꽃가루로 분칠하던 어린 시절이 있었기 때문이다. 그 중에서도 동백꽃 앞에 서기만 하면 늙어가는 지금까지도 결코 잊히지 않는 소중한 기억 하나가 가슴 속에 숨어 있다.

　아마도 내 나이 일고여덟이던 초등학교 저학년 때였던 것 같다. 아홉 살 때 고향을 떠나 전학을 갔기 때문이다. 내가 살던 죽촌竹村마을에는 학교가 없었고, 이웃 마을인 유촌柚村에 있었다. 걸어서 20분 가까이 걸리는 거리였다. 학교에 가려면 유촌을 향해 약간 경사진 언덕을 오른다. 그러면 평탄한 길이 나오고, 구불구불한 길을 따라 약 1킬로미터 정도 걷다 모퉁이를 돌면 유촌마을과 학교가 보였다. 죽촌에서 학교가 있는 유촌까지 가는 길 서편으로 바다가 보이고, 바다 건너 약 2킬로미터 떨어진 곳에는 서도西島라는 큰 섬이 떠 있었다. 바다 쪽으로 급경사진 벼랑에는 소나무, 동백나무, 시누대, 야생보리수, 그리고 잿밥나무 등 여러 종류의 나무들이 자라고 있었다. 집에서 학교까지의 등하굣길에 남아 있는 추억들이 아득하다. 여름철 간조(썰물의 끝)가 되면 유촌에서 죽촌까지 바닷길이 열리고 갯가를 따라 집으로 돌아오곤 했었다. 도중에 우리는 작은 갯돌들을 뒤집어 고동이나 해삼 등을 잡아 즉석 만찬을 즐겼고, 때로는 바위틈에 낚싯줄을 드리우고 어린 물고기를 잡곤 했었다. 즉 초등학교 1학년만 되면 미리 어부가 되는 실습을 시작하는 것이었다. 또 여름철 무척 더울 때는 옷을 벗어 던지고 바닷물 속으로 텀벙 뛰어들어 수영과 잠수를 즐기기도 했다. 반면에 겨울철 아침 등굣길은 어린아이들에게 무척 잔인하게 느껴졌었다. 하늬바람 때문이었다.

길모퉁이를 돌아가면 북녘에서 불어오는 매서운 바닷바람이 어린 얼굴들을 사정없이 할퀴고 지나갔다. 그때부터 아이들은 뛰기 시작한다. 당시에는 근래처럼 멋진 책가방을 멘 아이들은 한 명도 없었다. 책과 공책, 그리고 연필통을 보자기에 둘둘 말아 허리에 질끈 동여매고 다녔다. 뛰기 시작하면 필통 속 연필 구르는 소리가 열심히 우리들의 발뒤꿈치를 따라오곤 했었다. 하굣길은 바람을 등 뒤로 하고 걸었기 때문에 한결 나았다.

어느 해 늦겨울 등하굣길에서 본 늙은 동백나무 한 그루가 60여 년이 지난 지금도 눈에 선하다. 내가 살던 죽촌에서 학교로 가기 위해 언덕을 막 올라 서면 길 왼편으로 절벽이 있고, 절벽 끝과 길 사이 약간의 공간에 동백나무 몇 그루가 서 있었다. 그 중에 나무의 몸통과 큰 줄기 일부만 남아 고사목처럼 죽은 듯 서 있는 늙디 늙은 동백나무 한 그루가 있었다. 몇 년째 꽃을 피우지 않아 다들 죽은 줄만 알았다. 그런데 언제부터인가 그 고목에 젓가락 굵기의 잔가지가 생기기 시작하더니, 그 해 매서운 겨울바람을 인내하며 푸른 바다를 배경으로 빨간 동백꽃들을 가지 끝마다 피워내었다. 죽은 줄 알았던 고목에 심장을 두고 피어 있는 빨간 동백 꽃송이들이 너무나 신기해서 하굣길에 집에 가는 것도 잊고 그 꽃들을 바라보며 고목나무 곁에 앉아 있었던 기억이 생생하다.

요사이 여행길에 둘러본 고창의 선운사 동백숲, 여수의 오동도에 있는 동백꽃 무리, 거제도 동백나무 등도 아름다웠지만 어린 시절 나의 그 동백꽃보다 더 아름다운 동백꽃을 어디에서 다시 볼 것인가. 죽었다 다시 살아나 생명을 꽃피운 그 동백나무의 자태만큼 나를 감동시킨 것은 없으리라. 생명은 죽음을 비료로 하여 다시 태어나는 순환의 예술임을 알 것 같다.

당시 어린 내가 고목에 매달려 피어 있는 동백꽃에 취해 주변을 서성거렸던 이유를 지금 설명하려고 한다면 그것은 헛된 욕심이요 허영심이 될 것이다. 보이는 사물을 있는 그대로 보고 느낄 수 있는 순수의 세계 때문에 어린 시절의 추억은 항상 아름답게 기억되는 것이 아닌가 싶다.

거문도에는 1905년에 세워진 유서 깊은 등대가 있다. 그 등대 가는 길에 동백나무 숲이 있고, 봄이면 그 동백나무 숲길이 떨어져 누워 있는 붉은 동백꽃잎으로 아름답다. 그러나 그 붉은 낙화가 약간은 서럽다.

다음은 나의 우음偶吟이다. 졸작拙作이다.

山茶花落

滄海孤島急信風
山茶花落林路上
人道花無十日紅
莫傷黑毛成秋霜

푸른 바다 외딴섬에 꽃샘바람 불어오니

숲속 길마다 동백꽃 지는구나

붉은 꽃 열흘 못 간다고 사람들 말하더라

그대 검은 머리 흰 서리 내렸다고 서러워 마소

山茶花: 동백꽃

※ 信風: 꽃샘바람(북동풍)

※ 道: 말하다

바람 이야기

우리 집 거실에 앉아 약간 고개를 돌려 창밖을 보면 아파트 관리사무소가 보이고, 관리사무소 옥상에는 24시간 태극기가 게양되어 있다. 나는 그 태극기가 바람에 휘날릴 때의 방향에 참 관심이 많다. 나부끼는 태극기의 방향을 보면 현재 어떤 종류의 바람이 불고 있는지 알 수 있고, 바람의 방향, 구름의 모양과 색깔에 따라 어느 정도는 날씨를 짐작할 수 있기 때문이다. 그렇다고 과거에 기상청에 근무한 경력이 있다거나 기상학을 전공한 전문가인 것은 결코 아니다. 단지 섬에서 태어났고 소년 시절에 어부 노릇을 한 경험 때문이리라. 도시에 살고 있는 사람들은 비가 오는지, 아니면 날씨가 청명한지에 따라 하루의 일정에 영향을 받는다. 그러나 섬사람들에게는 비보다는 바람의 세기와 파도의 높이가 하루의 일정에 더 중요한 요인이 된다. 따라서 여기서는 바람의 종류가 날씨, 그리고 계절의 변화와 어떤 관계가 있는지를 상식적인 관점에서 이야기해보고자 한다. 바람의 방향에 전혀 관심이 없는 도시인들에게 조금이나마 참고가 되었으면 한다.

우선 바람의 종류를 알아보자.

섬이나 바닷가에서는 동풍을 샛바람, 서풍을 갈바람, 남풍을 마파람, 북풍을 높바람이라 부르고 북서풍을 하늬바람, 북동풍을 높새바람, 동남풍을 샛마파람, 남서풍을 갈마바람이라 부른다.

다음엔 계절에 따른 바람의 변화를 보자. 봄에는 비가 자주 내리며 날씨가 점점 따뜻해진다. 이때 주로 부는 바람은 샛바람과 마파람 계열의 바람이다. 그러나 봄이라고 반드시 동풍과 남풍 계열의 바람만 부는 것이 아니다. 오던 비가 그치고 하늘이 맑아지려면 거의 반드시 하늬바람이 불어온다. 또 초봄에 부는 추운 꽃샘바람은 높새바람이다. 봄이 끝나고 초여름에 접어들면서 장마가 시작되면 남풍 계열인 마파람, 갈마바람 그리고 샛마파람이 불어온다. 그런데 장마 중에도 약간 덜 무더운 날이 있을 것이다. 그때는 대개 하늬바람이나 샛바람이 부는 날이다. 나는 개인적으로 하늬바람을 좋아한다. 하늬바람은 '뱃사람들이 서풍이나 북서풍을 이르는 말'이라고 사전에 기술되어 있을 것이다. 그러나 정확한 설명은 북서풍이 하늬바람이고 서풍은 갈바람이다. 장마가 끝나면 남풍 계열의 바람은 꼬리를 내리고 주로 동풍이 많이 분다. 그러나 한여름에도 비가 온 후 하늘이 개려면 반드시 하늬바람이 분다는 것을 잊으면 안 된다. 하늬바람이라 하면 맑은 하늘을 연상해도 좋을 것이다.

이제 가을에 접어들면 갈바람과 하늬바람이 많이 분다. 그래도 비가 오려면 대개 샛바람이 불어온다.

다음은 8~9월에 우리나라를 찾아오는 태풍에 관해서 이야기해보자. 태풍은 동남풍으로 시작하여 북서풍으로 끝난다. 태풍이 우리나라 남해안을 통과한다고 해보자. 길목인 제주도 근해는 바람과 비로 인하여 온 세상이 카오스(혼돈) 상태로 빠져드는 듯하다. 엄청난 바람에 바다는 위로 부풀어 오르는 듯하고 성난 파도는 조그만 섬들을 곧 집어삼킬 듯하다. 태풍의 원래 바람인 동남풍이 지나간 자리에는 반드시 북서풍이 한바탕 거세게 불어온다. 동남풍인 태풍이 일으키는 파도는 파장이 길고 엄청난 에너지를 포함하고 있다. 그렇지만 정반대 바람인 북서풍 덕택에 태풍 후의 바다는 정숙함을 되찾는다. 하늬바람이 몇 시간 세차게 불고 나면 하늘은 푸름을 되찾고, 바다는 카오스 상태에서 코스모스(질서·조화)의 세계로 되돌아간다. 하늬바람이 그친 바다는 표면이 비단결같이 매끄럽고 잔잔하다. 동남풍의 거대한 에너지를 지닌 파도를 잠재워버리는 하늬바람의 위력. 정반합正反合의 이론을 여기에도 적용할 수 있다면 '합'은 바로 잔잔한 바다와 맑은 하늘, 고요한 저녁노을일 것이다.

이제 가을이 짙어지고 겨울이 찾아오면 주로 하늬바람이 분다. 물론 이때에도 비가 내리거나 눈이 오려면 샛바람이 분다. 한겨울인데도 눈이 내리는 날이면 포근함을 느낄 것이다. 이유는 바로 샛바람 때문이다.

이제 우리나라에서 부는 바람의 종류를 요약한다면 다음과 같이 요약할 수 있을 것이다. 비가 오려면 샛바람이 불고, 비가 그치고 맑은 하늘이 보이려면 하늬바람이요, 장마가 지려면 마파람이 분다. 그리고 꽃샘바람은 높새바람이다.

지금부터 건물 옥상에서 휘날리는 깃발의 방향을 보고 구름의 색깔을 본다면 내일의 날씨나 몇 시간 후의 기상을 조금은 예측할 수 있지 않을까?

끝으로, 기상학적이고 상식적인 바람 이야기로 글을 마무리하려고 했으나 잠시 외도를 해보자.

바람은 공기의 움직임이다. 하지만 바람이 없는 세상을 생각해보자. 끔찍한 일이다. 죽음의 세계이다. 바람은 생명의 활력소이며 변화의 원천이다. 그리고 감성의 길잡이이다. 우리나라에 태풍이 서너 번 오지 않은 해는 겨울가뭄에 시달릴 것이고, 서울 거리에 바람이 가끔 세차게 불지 않는다면 아마 매연으로 인한 호흡기질환 때문에 병원들이 만원이 될 것이다. '런던 포그London fog'라는 단어는 1950~60년대에 영국 런던에서 바람이 불지 않아 스모그로 인한 호흡기 질환으로 수천 명의 사람들이 사망한 후에 알려진 단어가 아닌가.

나는 시인은 아니지만 시 속에 등장하는 바람 이야기를 가끔 본다. 시인들은 이 관념의 바람을 통해 인생의 허무함과 자신의 쓸쓸함을 표현하고, 때로는 떠나가는, 너무나 빨리 사라져가는 것들에 대한 아쉬움을 바람에 비유하기도 하는 것 같다. 그렇지만 때로는 바람의 종류를 구체적으로, 그리고 순 우리말로 표현하면 어떨까 하는 생각을 해보기도 한다. 예를 들어 동풍을 샛바람으로, 북서풍을 하늬바람으로 말이다. '동풍이 불고 있다. 비가 오려나보다'에서 동풍을 샛바람이라 부르면 좋을 것 같다. 선거철이면 녹색바람이니 황색바람이니 하며 온 국민이 바람에 휩싸이고, 몇 십 년 전에는 춤바람이 전국을 강타한 적이 있었다. 우리는 신바람 민족이다. 그래서 신이 나면 '빨리빨리'란 말도 필요 없어진다. 범선을 움직인 바람은 발견과 인류 변화의 원동력이었다. 패션의 변화도 바람이요, 계절의 변화도 바람과 함께 시작된다. 그리고 가장 강력하면서도 쓸쓸한 바람은 늦바람일 것이다.

　문득 영국의 시인 셸리P. B. Shelley의 〈서풍에 부치는 노래Ode To The West Wind〉라는 시의 마지막 구절이 생각난다.

The trumpet of a prophecy! O, Wind.

If Winter comes, can Spring be far behind?

예언의 나팔소리여! 오, 바람이여

겨울이 오면 봄도 멀지 않으리

　다음은 바람 거세게 부는 날의 섬 풍경이다. 나의 우음 偶吟이다.

風惡波浪高

風惡波浪高
漁舟泊內海
鮮魚有氷庫
如何醪一杯

바람이 세고 파도가 높아
고기잡이배들 내해에 정박해 있고
싱싱한 횟감이 냉장고에 있으니
막걸리 한 잔 하는 게 어떤가

떨떨이

지속적인 기억, 그것을 우리는 '회상'이라고 부른다. 그리고 회상에 잠겨서 저녁노을 같은 아늑함을 느끼고 몇 년 만의 귀향처럼 설렘을 느낄 수 있다면 그 기억은 우리들 마음의 소중한 자산이 될 수 있을 것이다. 사람들은 흔히 크고 위대한 야망과 성공, 그리고 처절한 좌절에만 찬사와 존경을 보내는 것 같다. 행복은 아주 작은 일에서 얻어지는 것인데도 말이다. 넓은 지역을 아름답게 수놓고 있는 화려한 꽃동산에 모두들 감탄한다. 그렇지만 나는 외진 산비탈이나 바위틈에 피어난 이름 모를 두 송이의 들꽃이나 황량한 도시의 아파트 담벼락 밑에 홀로 피어 있는 노란 민들레 한 송이에 더 감탄하고 황홀해한다. 그 모습이 외진 자리에서도 작은 일에 만족하고 행복해하는 평범한 사람들의 모습과 닮았기 때문이리라. 나는 한평생 나를 회상 속에 잠기게 하는 어떤 사람과 그 사람의 행적을 가슴속에 지니고 있다. 회상 속 그 사람이 지녔던 아주 작고 외로웠던 소망과 바람이 나에게는 너무나 아름답게 보였었다.

그리고 그 기억이 세상을 바라보는 나의 인생관에 약간은 영향을 끼쳤으리라 생각되기도 한다.

어린 시절 내가 살던 고향마을에 '떨떨이'라는 사람이 살고 있었다. 물론 성씨도 이름도 있었지만, 사람들은 그냥 그렇게 불렀고 우리 꼬맹이들도 따라서 그렇게 불렀다. 태평양전쟁 때 징용으로 끌려갔다가 전쟁이 끝난 후 온 몸을 덜덜 떠는 떨떨이가 되어 고향땅을 밟았다고 했다. 지금도 자세한 내막이나 병명은 모른다. 그런 떨떨이가 우리 어린 꼬맹이들에게는 어느덧 두려움의 대상이 되어 있었다.

한쪽 다리를 절뚝거리며 왼손을 앞가슴에 올린 채 흔들흔들 걸어가는 모습을 어린아이들은 무서워했다. 돌담길을 돌아가다 그와 마주치기라도 하면 재빨리 되돌아 마을 한복판을 흐르는 개천 돌다리를 건너 다른 길로 도망치기도 했다. 혹시 할아버지와 함께 가다 마주치면 할아버지 뒤에 몸을 숨긴 채 가슴 조이며 옆을 지나가곤 했었다. 그런데 그의 잠자리가 특이한 곳이었다. 당시 마을에서 약간 떨어진 곳에 '빙막'이라 불리는 외딴 초가집이 한 채 있었다. 원래는 '병막'이었다. 병막은 마을에 전염병이 퍼지면 환자들을 격리시키던 곳이었다. 그런데 사람들은 그 병막을 빙막이라 불렀고, 그 빙막에 언제부터인가 떨떨이가 살기 시작했던 것이다. 마을 공동으로 2년마다 지붕을 새로 해 씌웠기 때문에 겉모양은 여느 초가집과 다름이 없었다. 아내가 도망하다시피 섬을 떠나 육지로 가버리자, 끼니는 친척들과 동네 사람들에게 구걸하여 해결하고, 잠자리는 이곳 빙막을 이용했던 것이다. 1950~60년대까지만 하더라도 마을은 150호가 넘는 큰 마을이었다. 5·16이 나고, '잘 살아보세'라는 구호와 함께 현대화 바람이 불고, 게다가 어족자원이 줄면서 삶이 각박해지자 마을 청년들이 한 사람 한 사람씩 도시로 떠나기 시작하여 현재는 가구 수가 그 절반으로 줄고 말았다. 그런데 떨떨이에게는 기막힌 재주가 하나 있었다. 바로 온 마을 집들의 제삿날을 기억하고 있다는 것이었다. 어느 집에서 제사를 지냈다하면 다음날 아침 어김없이 그 집 마당에 모습을 드러내곤 했었다. 그러면 밥 한 그릇과 술 한 사발을 적선하는 일에 인색한 집은 하나도 없었다. 어느 집이나 제사는 1년에 몇 번씩 있기 마련이니 한번 계산을 해보면 재미있는 결과가 나온다. 아침밥은 그렇게 해결하는 경우가 아주 많았다. 우리 집도 예외는 아니었다.

제사 다음날 아침 떨떨이가 집 마당에 들어서면 어머니는 쌀밥 한 그릇(아무리 가난해도 제삿밥은 쌀밥이었다)과 생선조각, 막걸리 한 사발을 조그만 밥상에다 차려 내오셨다. 밥을 다 먹은 후 막걸리 사발을 떨리는 두 손으로 받쳐 들어 입에 대고 마실 때 검은 턱수염 위로 방울방울 떨어지던 하얀 막걸리의 슬픈 낙하를 어머니의 치맛자락 뒤에서 숨죽이며 바라보곤 했었다. 그러던 떨떨이도 내가 초등학교를 다니기 시작하면서부터는 어느덧 조롱 내지는 무관심의 대상으로 바뀌어버렸다. 그리고 나는 공부를 한다고 도시로 떠나왔고, 청소년기에 접어들면서는 그 공포가 연민으로 바뀌어 있었다. 방학이 되면 자주 고향에 들르곤 했는데, 그때 나는 떨떨이의 또 다른 기행을 발견하게 되었다. 그것은 상여를 장식했던 조화를 몇 송이씩 모으기 시작한다는 것이었다. 섬에서는 특히 겨울에 노인들이 세상을 많이 뜬다. 그 이유는 겨울철 차가운 바닷바람 때문이 아닌가 싶다. 늦가을부터 불기 시작한 하늬바람은 겨우내 북녘 바다로부터 거친 파도와 냉기를 몰고 이곳 섬을 스쳐지나간다. 냉기는 무엇을 생각나게 할까? 죽음? 가난? 이곳의 상여 나가는 모습은 나에겐 가슴 뭉클하고 아름다운 길 떠남이었다. 장례식이 있는 날이면 바닷물이 닿을 듯한 마을 앞 공터에 꽃상여가 마련되고, 수령이 얼마인지도 모를 팽나무 꼭대기에 매단 스피커를 통해서 'ㅇㅇㅇ씨 부(모)친님 발인하는 날이니

부락민과 청년회원들의 적극적인 협력을 바란다'는 이장의 간곡한 알림이 있다. 잠시 후 마을 사람들이 지켜보는 가운데 관이 꽃 장식 속에 실리고, 노제가 끝이 나면 열두세 명의 상여꾼들이 멘 상여가 바다와 접한 마을 해변 길을 몇 번이고 왕복한다. 차마 길 떠나기 아쉬워하는 고인의 마음을 헤아리듯 상여의 발길은 무겁기만 하다. 수번의 선소리에 맞추어 상여꾼들의 상여소리가 온 겨울 하늘에 울려 퍼지고, 장대 끝에 매달린 조기弔旗들의 '따다닥 따다닥' 바람 치는 소리가 발길을 재촉하는 진군 나팔소리처럼 들렸다.

"간다 간다 나는 간다, 임을 두고 나는 간다."
"어어이 어어이 어어이 어어이, 한 허리 넘자 넘어요."

흥과 애수가 넘치는 상여소리는 늘 나의 가슴을 뛰게 한다. 영국의 낭만파 시인인 워즈워스William Wordsworth는 〈내 가슴은 뛰노라My Heart Leaps Up〉라는 시에서 '하늘에 뜬 무지개는 어렸을 때나 어른이 된 지금도 나의 가슴을 뛰게 하고, 내가 늙어서 죽어갈 때도 역시 나의 가슴을 뛰게 할 것이다'라고 읊었다. 시골의 상여소리는 워즈워스의 무지개처럼 지금도 나의 마음을 사로잡아 가슴을 뛰게 한다. 상여가 마을을 떠날 때가 되면 사람들이 회관 앞에 모이거나 아니면 자기 집 돌담 위로 얼굴을 내밀고 상여가 떠나가는 모습을 지켜보곤 했다. 그러나 그들의 표정에 슬픔의 그림자는 보이지 않는다. 자기 집에서 며칠 쉬었다 길 떠나는 손님을 전송하듯 약간 마음이 허전할 뿐이다. 그래서 마을의 장례식은 대개 슬픔보다는 흥겨움과 아쉬움이 뒤엉킨 축제 같은 느낌을 주곤 했었다. 죽음의 비통함이나 이별의 슬픔 따위는 바람에 날리고 파도에 씻기어 사라지는 생선 비린내 같은 것이라고 섬사람들은 생각한다. 상여 행렬을 바람에 실려 가는 구름 바라보듯 볼 수가 있다. 그들에겐 새로운 생명의 탄생은 남풍에 실려 오는 꽃씨이고, 죽음이란 하늬바람 세차게 부는 날 파도에 씻기어 떠내려가는 시든 꽃잎일 뿐이다.

특히 이 섬은 사람들이 모여 사는 마을을 빼고는 거의 전부가 산으로 되어 있다. 가파르고 거친 돌들이 많다. 그래서 상여를 동아줄로 두 곳을 붙들어 맨 후 사오십 명의 사람들이 앞에서 상여를 끌어당긴다. 그러면 상여꾼들이 두 다리로 버티고 서 있기만 해도 상여는 산비탈을 미끄러지듯 잘도 올라간다. 선소리꾼이 북을 두드리며 힘을 돋우고, 앞에서 상여를 끄는 사람들의 "영차! 영차!" 하는 소리가 우렁차게 하늘을 진동시킨다. 상여꾼들의 어깨 위에 얹힌 채 너울너울 춤추듯 산비탈을 올라가는 꽃상여를 보고 있자면 마치 동화 속 선녀가 옷자락 휘날리며 산비탈을 사뿐사뿐 걸어가는 듯한 느낌을 받곤 했다. 그런데 그때면 언제나 떨떨이가 불편한 몸을 이끌고 장지까지 상여 뒤를 따라오곤 했었다. 상여에서 한 송이 꽃이라도 바람에 떨어지면 그걸 주머니에 주워 담았다.

그리고 장지에서 상여를 장식했던 종이꽃과 몇몇 장식품들을 태울 때 상여 꽃 몇 송이를 더 주머니에 담은 후 밥 한 술, 술 한 잔 얻어먹고 혼자서 먼저 마을로 내려갔다. 자기 집인 빙막으로. 마을 사람들은 그 빙막 안을 들여다보지도 않았고, 또 관심도 없었다. 꺼려했는지도 모른다. 왜냐면 예전에 돌림병 환자들을 격리시켰던 곳이고, 거기에서 죽어나간 사람들도 있었을 테니까. 그 빙막이 떨떨이에게는 편안한 보금자리였고, 적어도 인생의 슬픔과 외로움을 승화시킬 수 있는 천국의 궁전이었을 것이다. 그런 떨떨이가 어느해 화려한 꽃상여를 타고 다시 못 올 곳으로 긴 여행을 떠나갔다. 그가 죽던 날의 저녁 일몰을 잊을 수가 없다. 사람들은 흔히 구름 한 점 없는 화창한 날 수평선상으로부터 해가 뜨고 지는 모습을 보고 찬탄을 한다. 그러나 그것은 내가 좋아하는 일출 · 일몰이 아니다.

겨울에 불어오는 추운 바람은 하늬바람이다. 그 하늬바람이 초속 15미터 이상으로 불어오면 서쪽 섬 서도리 마을 산위로 돌풍에 낙엽 날리듯 구름이 제각기 흩어져 동남쪽으로 줄달음을 친다. 그러다 바람이 약해지면 구름들의 윤곽이 뚜렷해지면서 검은 빛을 띠게 되고, 해질 무렵이 되면 구름들이 서로 몸을 비벼대며 서서히 동남쪽으로 움직인다. 바로 그때 그 검은 구름들 틈사이로 찬란한 저녁 햇빛이 만들어내는 일몰의 광경이야말로 나를 늘 가슴 벅차게 만든다. 검은 구름 뒤에서 붉게 불타고 있는 저녁노을은 나에겐 마지막 길을 떠나가는 영혼의 노랫소리로 들렸다.

내가 대학을 다니던 어느 해 겨울, 마침 음력설을 고향에서 보내게 되었다. 옛날 시골에서는 설 다음날부터 정월대보름까지 농악을 즐겼다. 집집마다 순회를 하면서 정지, 대청, 곳간 등에 들어가 신나게 꽹과리, 북, 장구 등을 울려대면서 악귀를 쫓아내고 1년간의 무병장수를 빌었다. 집주인은 술과 음식을 내오고 약간의 돈도 희사했다. 물론 지금은 없어진 풍습이 되어버렸지만 말이다. 떨떨이가 살던 빙막도 예외는 아니었다. 마을에 돌림병이 돌지 않기를 바라면서 농악대가 빙막 주위를 몇 바퀴 신명나게 돌다 가는 것이 관행이었다. 그 해, 나도 농악대에 섞여서 빙막 주위를 돌았다. 시끄러운 농악소리에도 안에서는 아무런 기척이 없었다. 누군가가 방문을 열어보았다. "아!"하는 소리와 함께 떨떨이가 죽었다는 소리가 터져 나왔다. 다들 방문 앞으로 몰려들었고 나 역시 무심코 방 안을 들여다보았다. 눈에 들어온 방 안의 모습에 나는 온 몸이 얼어붙는 듯한 전율을 느꼈다. 방 안 전체가 상여꽃으로 장식이 되어 있었다. 천정, 사방 벽, 그리고 떨떨이가 누워 있는 방바닥까지. 방 안 전체가 하나의 꽃상여였다. 나는 가슴속이 꽉 막혔다. 그러다 다시 가슴이 울렁거리며 뜨거워지는 것을 느낄 수 있었다. 되돌아 나와 빙막을 보니 집 전체가 불타고 있는 듯한 느낌이 들었다. 아니 꽃상여가 불타고 있었다. 바로 그때 내가 그렇게 좋아하던 일몰이 시작되고 있었던 것이다. 검은 구름 뒤에서 붉게 빛나던 태양이 잠시 구름 사이로 모습을 내보였다. 그러자 찬란한 노을빛에 빙막 전체가 불타는 듯 보였던 것이다. 구름 사이로 빛나는 노을빛은 순결한 영혼에게 보내는 마지막 미소였다. 다시 구름 속으로 몸을 숨긴 해는 서도리 섬 뒤로 무너져 내리고, 그렇게 일몰은 끝이 났다. 그리고 빙막도 희미한 어둠 속에서 재가 되었다. 그 후 나는 붉은 상여꽃 한 송이가 하늬바람 파도에 떠밀리어 물결 따라 멀리 사라지는 모습을 가끔 꿈꾸곤 한다.

어젯밤 꿈속에서

어젯밤 꿈속에서 아버님을 뵈었다

손수 낚으신 볼락 세 마리 농어 한 마리
감성돔 두 마리를 마당 장독대 옆에서
손질하시더니 고양이 입 탄다고 담벼락 옆
높은 장대 끝에 매달고 계셨다.
소금기 찬 바닷바람에 말리고 말려서
지금은 비어 있는 늙은 쌀독 안에 넣어두었다
나중에 택배로 보내주겠단다

잠 깨면 언제나 찾아드는 괴로움
눈 감은 캔버스에 오늘도 일만 번째 그림을 그린다
그려도 그려도 형체 없는 그림의 실체는
홀연히 집 떠났다 돌아온 어느 탕자가
섬마을 고향집 양지바른 담벼락에 기대어
두 다리 사이에 얼굴을 묻고 잠들어 있는데
떠도는 자의 설움을 씻어준 진실한 눈물자국
눈가에서 말라가고

갈길 몰라 떠돌던 바람이 사내의 목뒤를
서성이다
하얗게 바랜 늙은 머리털 몇 개를 어루만진다

구름 같은 인생
외로움이야 늘상 있는 것이라 해도
아주 오래된 이야기들이며 기댈 고향집
담벼락이라도 있으니 덜 외로우리라

밀물소리 썰물소리 어우러진
고향집 마당 장대 끝엔 아버지의
혀 차는 소리가 구름처럼 날리는데
허무해라, 오늘도
눈 뜨면 모두가 지난 세월이었음을
홀연히 알게 되는 것을

내 마음의 영웅

부모님 살아생전엔 거의 해마다 거문도에 다녔고, 부모님께서 세상을 뜨신 후부터는 대개 2년에 한 번씩 고향을 찾는다. 성묘도 하고, 벌초도 한다. 서울에서 다녀오기에는 너무나 멀다. 밤새 기차를 타고 아침 여수에서 다시 배를 탄다. 쾌속선인데도 두 시간이 넘게 걸린다. 적어도 2박3일의 여정이 필요하다. 그러니 자주 들른다는 것이 시간적으로나 금전적으로 꽤나 부담이 된다. 그렇지만 때로는 먼 곳에 고향이 있다는 것이 고마울 때도 있다. 만약 자동차로 한두 시간이나 세 시간 안에 갈 수 있는 곳이라면 고향 맛이 영 나지 않을 것 같다. 가기 힘든 곳, 갈 수 없는 곳일 때 고향에 대한 그리움이 더욱 절실해지는 것이 아닐까 싶다.

그런데 요사이 고향에 가면 참 쓸쓸하다. 부모형제가 없는 탓도 있겠지만, 또 다른 이유는 어린 시절 바닷가에서 깔

깔대며 뛰어놀던 죽마고우들이 없기 때문이다. 먹고 살기 위해 다들 섬을 떠나 육지로 이주하여 선원이 되거나 장사를 하거나 노동을 하며 살았다. 그 중 몇몇은 이미 세상을 떴다는 소식을 들었다. 어떤 이는 병으로, 어떤 이는 사고로 죽었다. 선원이 되었던 어떤 친구는 태평양을 향하던 배에서 행방불명이 되었단다. 아마 실족사 했으리라. 그런데 몇 년 전까지만 하더라도 한 명의 친구가 고향을 지키고 있었다. 그 친구의 이름이 바로 한영웅韓英雄 군이었다.

나는 1954년 초겨울, 열네 살 때 가정형편 때문에 중학교 2학년을 중퇴하고 낙향했다. 그리고 2년이 넘는 동안 어부 생활을 했다. 그때 나보다 한 살 위였던 영웅 군은 이미 훌륭한 어부였고, 초년생 어부인 나에겐 좋은 스승이었다. 노 젓기, 낚시를 만드는 채비 방법, 거문도 근해 조류의 흐름, 그리고 바다 밑 지형에 관한 지식 등 많은 것을 나에게 가르쳐 주었다. 나는 그 기간 동안 그를 통해서 그곳에서 잡히는 모든 물고기들의 생김새와 이름들을 알 수 있게 되었다. 종류는 수십 종이 되지만, 어부들에게 돈이 되는 것은 주로 멸치와 갈치, 그리고 삼치였다. 7월부터 시작하여 10월 중순까지는 멸치와 갈치가 주로 잡히고, 11월부터 다음 해 2월까지는 삼치를 주로 잡았다. 이곳 섬사람들은 여름에 잡은 갈치와 멸치로 추석 상을 차리고, 겨울에 잡은 삼치로 음력설을 지내고 보릿고개를 넘겼다. 그 외에도 철따라 볼락, 학꽁치, 감성돔, 참돔, 방어, 부시리 등이 잡혔다. 그런데 근래에 와서는 멸치는 거의 잡지 않고, 옛날 파시를 이루었던 삼치와 갈치잡이는 겨우 명맥만 유지하고 있다. 여담이지만, 이곳 서울에서 횟집이라도 가는 날이면 지인들이 회 선택을 나에게 일임하는 경우가 가끔 있다. 그런데 쓸쓸한 것은 광어, 우럭, 도미 등 활어가 거의 대부분 자연산이 아니고 가두리 양식장 출신이라는 것이다. 계절과는 상관이 없다. 과일도 제철 과일을 먹어야 맛이 있듯이 생선도 제철에 잡히는 것이 더 맛있다고 생각한다. 전어는 가을에, 농어와 자리돔은 보리 익을 무렵에, 삼치와 방어는 늦가을과 겨울에 더 맛이 있다. 명태와 감성돔은 겨울에, 볼락(열기 포함)은 겨울과 봄에 맛이 더 난다. 고등어회보다는 전갱이회가 더 맛있고, 노래미보다는 용치나 쥐치가, 우럭보다는 볼락이 더 맛있다. 식도락가 사이에 제주도 갈치국을 이야기하는 소리를 듣는다. 나 역시 제주도에 가서 먹어본 적이 있다. 그런데 거문도에서는 갈치국에 들어가는 재료가 한 가지 더 있다. 향토어로 '항가꾸'라고 하는 야생초이다. 표준어로는 엉겅퀴이다. 이 엉겅퀴를 넣고 갈치국을 끓이는데, 부드러운 갈치살과 엉겅퀴의 진한 향과 까칠까칠한 느낌이 빚어내는 국 맛은 먹어본 사람만이 진가를 알 수 있다. 거기에다 호박 몇 조각을 넣으면 금상첨화가 될 것이다.

　나는 열일곱 살이 되던 해 봄에 다시 공부를 계속하기 위해서 고향을 떠나 부산으로 갔다. 영웅 군은 여전히 고향에서 어부로 남아 있었다. 40대에 이르러, 친구는 통통선을 두 척이나 소유한 어엿한 선주가 되어 있었다. 그런데 50대에 들어서서 내가 여름방학을 이용하여 부모님 묘에 벌초를 하러 다니던 무렵, 그는 갑자기 건강이 나빠져 있었다. 벌초를 끝낸 후 친구의 집을 방문하는 일이 관행처럼 되어 있었다. 수박 한 덩이, 음료수와 과자 몇 봉지를 들고 그의 집을 찾는다. 그가 싱긋 웃으며 자리에서 일어나 악수를 하고, 우리는 마당에 멍석을 깔고 자리를 잡는다. 이런 저런 세상사 이야기를 하는 동안 그의 부인은 냉장고에 넣어둔 횟감을 썰고, 아들은 가게에서 소주를 사 온다. 친구가 스무 살 때 결혼하여 낳은 아들은 장년이 되어 있었고 손자도 둘이나 되었다. 우리 사이의 대화는 자연히 고기잡이에 관한 이야기들이다. 건강이 나쁜 그는 술을 일절 마시지 않았다. 그는 사이다나 콜라 등 음료수를 마시고, 나는 소주를 마신다. 취기가 돌면 우리는 고기잡이를 하던 옛 어린 시절로 되돌아간다. 친구와 대화를 나누다보면 내 마음은 언제나 평안하고 즐거워진다. 바람 따라 파도 따라 헛된 욕심 부리지 않고 평생을 푸른 수평선만 바라보고 살아온, 그래서 티 없이 맑은 그의 눈 때문이 아닌가 싶다.

　어른이 되고 늙어가면서도 그는 언제나 수줍음을 타는 어린아이로 남아 있었던 것이다. 그런 나의 친구가…… 3년 전 벌초를 끝낸 후 그의 집에 들렀을 때, 그는 보이지 않고 그의 부인이 부엌에서 뛰어나와 나의 두 손을 붙들었다. 그리고 몇 개월 전 고인이 된 남편의 사진 앞으로 나를 안내했다. 친구는 대청마루 선반 위 사진틀 안에서 나를 보고 웃고 있었다. 나는 엎디어 절하고 그의 사진 앞에 앉아 친구의 부인이 썰어다 준 횟감에 소주 한 병을 다 비웠다. 쓸쓸함에 가슴이 아팠고, 문득 어떤 낯선 마을에 와 있는 듯한 느낌이 들었다. 마당을 나서며 친구의 손자를 덥석 안고 담 너머 바다를 보니 통통배 한 척이 파도를 가르며 고기잡이를 떠나고 있었다. 지금은 고향에 가도 친한 친구 한 명 없다. 고향이 왜 그리 낯설어 보이는지, 밤에 문득 잠깨어 바닷가라도 거닐다 보면 무인등대 첨탑 위의 밤 갈매기 울음소리가 마치 혼자 남은 자의 서러움을 말하는 것 같다. 바람, 소원, 희망과 같은 말들은 모두 미래지향적인 단어들이다. 그러나 그리움이란 단어는 과거에 바탕을 두고 있다. 친구와의 소박하고 감미로웠던 추억을 가끔씩 그리며 살아갈 것이다. 그리고 그는 나의 마음의 영웅으로 내 가슴속에 오래오래

남아 있게 될 것이다.

  다음의 시는 고향이 낯설어 보일 때 한 번쯤 읽어볼만한
시이다. 중국 당나라 때 시인인 하지장賀知章이 지은 것이다.

回鄉偶書

賀知章

少小離家老大回
鄉音無改鬢毛衰
兒童相見不相識
笑問客從何處來

어린 시절 고향 떠났다 늙어서 돌아오니
고향 사투리는 그대론데 귀밑머리 백발일세
어린 시절 친구 보고도 못 알아보고
웃으며 묻는 말 "어디서 온 뉘시오?"

고故 김정기 군을 그리워하며

오전 수업이 끝나는 종이 울리면 조용히 자리에서 일어나 수돗가로 가서 맹물을 몇 모금 들이켠다. 그리고 운동장 옆에 있는 벤치로 찾아든다. 봄이면 벚꽃이 아름다웠고, 여름이면 플라타너스와 벚나무 그늘이 벤치에 앉아 있는 나를 이해해주었다. 교정에 조용히 울려 퍼지는, 그리고 지금은 그 곡목을 기억조차 할 수 없는 클래식 선율을 들으며 언제나 나는 부산 앞바다를 바라다보았다. 외국에서 화물을 가득 싣고 와서 하역을 기다리고 있는 거대한 상선들, 그 상선들 너머 저 멀리에 오륙도가 수석처럼 바다 위에 떠 있었고, 갈매기 몇 마리가 항상 부둣가를 배회하며 하늘을 날고 있었다. 뒤로는 구덕산이 어머니가 어린아이 돌보듯 학교를 가슴에 품어 안아 주었고, 학교 정문에서 도보로 약 10분 거리에는 기차와 전차가 멈추는 초량역이 자리 잡고 있었다.

멀리 서울에서 숨 가쁘게 달려온 기차가 종착역인 부산역을 바로 앞두고 숨고르기를 하는지 기적소리와 함께 흰 연기를 내뿜고 있었다.

나는 이러한 풍경화를 바라다보면서 고등학교 3년간 교정의 벤치에 앉아 청소년기의 왕성한 식욕을 참아낼 수 있었다. 아무리 가난하고 외로웠던 시절이라 할지라도, 그 시절들을 추억이라는 그림틀 속에 넣고 바라보면 언제나 '아름다웠다'라고 말하고 싶어지는 것은 무슨 조화인지! 무척이나 힘들었을 터인데도 고등학교 시절을 생각하면 나는 늘 행복하다. 그것은 그 시기에 나에게 기쁨과 감동을 주었던 몇몇 정다운 사람들과, 학교 운동장 옆 벤치에 앉아 바라보았던 부산의 아름다운 바다와 항구의 풍경 때문이 아닌가싶다. 그렇게 그리운 사람들 중 나름대로 친한 친구들이 몇 명 있었다. 그 중 한 명인 김영명 군은 부산에서 고등학교 교사로 재직하다 퇴직하여 현재 부산에서 지내고 있고, 또 한 명인 김정기 군은 외교관이 되어 모 중동국가의 대사로 근무하다가 풍토병에 걸려 1년여를 몹시 고생하다 먼저 세상을 뜨고 말았다. 우리는 모두 부산 영도섬(현재의 영도구)에 살았고, 항상 함께 붙어 다녔다. 몹시도 가난했던 영명 군과 나는 정기 군의 집 신세를 많이 졌었다. 정기 군의 집은 아버님께서 조그만 철공소를 경영하셨기에 부유한 편이었다.

정기 군의 어머님께서는 독실한 기독교 신자로, 아들의 친구인 우리를 사랑으로 돌보아주셨다. 활달하신 아버님은 취기가 있으신 날은 우리를 앞에 모아놓고 세계 각국의 지도자에 대한 인물평을 들려주시곤 했었다. 그래서인지 외교관이 되어 그 당시 아프리카에 있는 콩고라는 나라의 대사가 되는 것이 정기 군의 꿈이었는데, 결국 다른—더 크고 중요한 나라의 대사까지 지냈던 것이다. 토요일 오후면 우리는 바지를 걷어붙이고 수돗물을 받아 커다란 저수탱크와 대형 물통들을 가득 채웠다. 그 당시(1950년대와 1960년대 초)는 지금처럼 24시간 수돗물이 나오는 것이 아니고 토요일에만 집중적으로 물이 나왔다. 그래서 공장 직공들까지 쓸 수 있도록 충분한 물을 미리 받아두는 것이었다. 몇 시간에 걸쳐 저수탱크와 물통들을 다 채우고 나면 정기 군의 어머님께서 정성스레 저녁 밥상을 차려주셨다. 밥맛은 꿀맛 같았고, 특히 쇠고기가 약간 들어간 된장국은 지금도 입 안의 침샘을 자극한다. 일요일 오후면 탁구와 배구 등 운동을 즐기거나, 당시 유행하던 실존주의에 관한 철학 서적이나 소설들을 읽고 난 뒤에 열띤 논쟁을 하기도 했는데, 정확히 기억이 나지는 않으나 아마 '신神'에 대한 문제였던 것 같다.

　파스칼의 《팡세》나 니체의 《짜라투스트라는 이렇게 말했다》와 키르케고르의 《이것이냐 저것이냐》 등의 책이 생각난다. 인생에 대한 성찰도 철학에 대한 교양도 미천했던 시기에 무슨 주장들을 했었을까 돌이켜보면 저절로 웃음이 난다. 또는 영도섬 남쪽 바닷가 제2송도라는 곳으로 나가 바위 끝에 서서 수평선을 향해 〈오 솔레미오〉 등 학교에서 배운 가곡들을 목이 터져라 불렀었다. 요사이 청소년들이 무슨 공부를 하고 무엇을 즐기는지는 대충 짐작이 가나, 무엇을 느끼고 무엇을 생각하고 무엇을 깨닫고자 하는지는 정확히 알 수가 없다.

어느 날 저녁, 정기 군과 나는 공장 사무실 옆에 있는 서재에서 함께 공부를 하고 있었다. 어느 늦가을 달의 마지막 날이었던 것은 틀림없다. "오늘 월말인데, 니 전차패스권 내러 안 갈까가?" 정기 군이 물어왔다. "응, 좀 이따 집에 갈 때 낼끼다. 니 먼저 가서 내라." 나는 오늘이 전차 정기승차권을 발행하는 마지막 날이라는 것을 알고 있었지만, 호주머니에는 돈이 한 푼도 없었다. 그 당시 학생용 한 달 정기승차권은 낱개로 구입하는 일반용 가격의 절반도 안 되었다. 그렇지만 발행기간이 월말 이틀간으로 정해져 있었다. 만약 그 기간을 넘기면 매일 일반용 승차권을 사서 통학을 하거나, 아니면 10리가 넘는 길을 매일 걸어 다녀야만 했다. 우리는 한동안 책만 보고 있었다. 얼마 후 자리에서 일어난 그는 아무 말 없이 밖으로 나갔고, 나는 내일 아침 좀 일찍 일어나 학교까지 걸어서 갈 생각을 하고 있었다. 영도 남항 동에서 영도다리를 건너 부산시청과 광복동을 지나고 영주 동을 거쳐 초량까지 걸어야 했다. 나는 중년 나이가 될 때까 지도 고등학교 시절 지각하는 꿈을 가끔 꾸었다. 학교 수업 시작은 8시 반인데 8시에 집을 출발한다든가, 학교 근처에 는 갔는데 정문을 찾지 못해 초량 인근 주택가를 헤매는 등 의 꿈이었다. 실제로 내가 지각을 한 기억은 없다. 그런데도 지각하는 꿈을 꾼다는 것은 지각하지 않기 위해 혼자 무던 히도 애를 태웠던 심적 부담이 잠재의식 깊은 곳에 숨어 있 었던 것이 아닌가 싶다. 아침 일찍 나를 깨워줄 사람이 없었 기에. 얼마 후 밤바람 냄새를 풍기며 조용히 방문을 열고 들 어 온 친구는 내가 보고 있던 책 위에다 아무 말 없이 나의 이름으로 된 정기승차권을 놓고 자기 책상에 가서 앉았다. 그는 책만 보고 있었고, 나 역시 한동안 고개를 숙인 채 정 기권을 보고 있다가 말했다. "내 곧 갚을게." 그는 고개만 끄덕일 뿐 책에서 눈을 떼지 않았다. 나는 이제 한 달간 걸 어 다닐 필요가 없어졌다는 사실에 안도를 했을 것이다. 각 가정의 전등불들이 꺼지고, 가로등 대신 전신주에 매달린 60촉짜리 백열전구가 스쳐 지나는 바람을 따뜻하게 데워주 는 밤늦은 거리를 지나 나의 잠자리인 두 평짜리 골방으로 걸어가면서 무슨 생각을 했었는지, 지금은 생각이 나지 않는다. 단지 40여년이 지난 지금도 그날 저녁이 가슴 저리도록 아름답게 기억되고 있을 뿐이다. 그가 한동안 근무했던 서초동에 있는 외교안보연구원을 지날 때마다 그와 함께 했던 근처의 소주집들이 생각난다. 내일은 부산에 있는 친구 영명 군에게 전화라도 해야겠다. 정기 군은 전화하기에는 너무 먼 하늘나라에서 행복하게 살고 있을 테니까.

　퇴직 후 여러분과 함께 자동차 여행 중 지리산 심원계곡에서 하룻밤을 지새우며 술잔을 기울인 적이 있었다. 다음의 시는 그때 함께 여행했던 지인들 중 한 사람인 임경석 형께 취중에 "내 형님을 위해 시 한 수 지어드리리다"라고, 시인도 아닌 내가 헛소리를 한 후 약속을 지키기 위해 고심한 나의 낙서이다. 임형의 성품은 시의 내용과 일치한다.

임경석 형에게

지리산 서쪽 심마니 능선 아래
심원마을
골짜기 아스라이 피어오르는 저녁 물안개
50년을 잃어버린 15세 소년이
나에게 술잔을 권한다

오늘 낮
정령치 양지바른 곳에 홀로 피어있는
들국화 한 송이의 적막감에
외롭다고 눈물짓던 경석형이
풀벌레 소리에 벌써 취했나보다
술잔이 흔들린다

바람이 꽃잎을 떨어뜨리면 노래를 부르고
강물이 흔들리면 손뼉을 치는 당신은
꽃비 내린 동구 밖 어린아이 웃음소리다
고향 봄 언덕에서 듣던 풀피리 소리다
염소 냄새나는 수돗물이 아니고

그냥 심원계곡에 흐르는 맑은 시냇물이다

당신은 어두워진 산등성이 위로 떠오르는 반달
청천하늘에 떠 있는 온달이 아니다
반달은 보탤 것이 있고 주고 싶은 것이 있지만
온달은 보탤 것도 줄 것도 없다

우정은
흐르는 시냇물에 낙엽 떨어지는 소리여야 한다
사랑하는 사람의 흐르는 눈물 소리는
어둠속에서도 들을 수 있어야한다
따뜻한 우정은 소리 나지 않는 현악사중주
그윽하고 감미로운 칸타빌레다

술잔에 달 지고 별빛 흔들리면
당신은
눈물 젖은 마음보다 더 깨끗한 한숨으로
세월을 노래하며
새벽이 오는 소리를 이슬에 담아
밤을 전송하겠지요

대흥사 동백꽃 그리고 누렁이

　몇 년 전 4월 초, 우연한 기회에 아내와 남도 여행을 떠나
게 되었다. 전라도 남쪽 지역을 부부동반으로 다녀온 친구
들을 부러워하는 집사람에게 선심을 쓰기로 한 것이다. 2박
3일을 예정하고 자동차의 핸들을 잡았다. 친구들과 어울려
그쪽 지방을 두루 다녀본 경험이 있기에, 일정은 이미 나의
머릿속에 입력되어 있었다. 첫날 아침은 일찍 출발하였다.
쉬엄쉬엄 해남 땅끝에 도착한 것은 저녁 해질 무렵이었다.
토말전망대에 올라 구름 한 점 없는 일몰을 볼 수 있었다.
그때 마침 함께 낙조를 즐기던 젊은 부부가 지는 해를 배경
으로 우리 부부의 사진을 찍어주며 주소를 가르쳐달란다.
우리가 마치 자기네 부모님 같은 생각이 든다고 했다. 그리
고 정말로 그때 찍은 사진을 우리 집으로 우송해주었다. 때
로 뜻밖의 친절이 우리의 삶을 윤택하게 해주는 경우라고나

할까. 토말에서의 일몰을 즐긴 후 곧장 차를 몰아 해남읍에 도착하였다. 해남읍에서 가장 이름이 난 음식점인 ○○관에서 저녁식사를 했다. 그 음식점은 떡갈비라는 음식으로 이름이 나 있는데, 당시 1인당 일금 15000원이었기에 내 수준으로는 약간 비싼 느낌이 들었지만, 모처럼의 부부동반 여행이니 배포를 크게 먹기로 한 것이다. 식사를 끝낸 후 이미 어두워진 밤길을 달려 대흥사로 향했다. 대흥사 숙박단지의 한 여관에 숙소를 정했다.

다음날 아침 6시경에 일어나 대흥사로 향했다. 너무 이른 아침이라 매표소에는 매표원이 아직 출근을 하지 않고 있었다. (입장료를 내지 않고 대흥사를 구경하려면 이른 아침 산책을 이용하는 것도 한 방법이 될 것이다.) 매표소에서 대흥사 경내까지 가는 길은 비록 아스팔트로 된 포장도로이긴 하지만, 이른 아침 약 20분간의 여유로운 산책은 지친 심신에 활력을 불어넣기에 충분하다. 길 양옆의 무성한 나무들과 푸른 잎, 그 사이를 예리하게 뚫고 들어와 아직 새벽의 여운이 남아 있는 아침 숲을 밝히는 햇살, 그 햇살을 받아 풀잎 끝에서 빛나고 있는 아침 이슬, 이름 모를 산새들의 지저귐, 그리고 서늘한 아침 공기 등은 우리의 가슴을 기쁨과 활력으로 뛰게 할 만큼 아름답다. 대흥사 경내로 들어가기 조금 전에 유선여관이라는 오래된 옛날식 여관이 하나 있다. 이 여관은 잠시 후 이야기할 다른 유쾌한 일화와 관련이 있기에 미리 언급하고자 한다.

경내를 다 둘러본 후 되돌아 나오는 길에, 들어갈 때 보지 못했던 광경을 하나 목격하게 되었다. 경내의 넓은 뜰 한쪽에 빨간 멍석이 깔려 있다는 느낌이 들었다. 호기심에 가까이 다가갔다. 그것은 멍석이 아니었다. 어른 키 두 배 정도의 잎이 무성한 동백나무 한 그루가 서 있었고, 그 나무에 피었던 동백꽃들이 한꺼번에 떨어진 듯 나무 밑에서 둥근 멍석 모양으로 땅을 붉게 물들이고 있었던 것이다. 그 동백나무 바로 앞에 서서 땅에 떨어져 누워 있는 동백꽃들을 유심히 살펴보았다. 모두가 싱싱한 꽃잎들을 그대로 간직하고 있었다. 이형기 시인이 6·25 피난 시절, 고등학교 학생일 때 썼다는 시 〈낙화落花〉가 문득 머리에 떠올랐다. '가야할 때가 언제인가를 분명히 알고 가는 이의 뒷모습은 얼마나 아름다운가. 봄 한 철 격정을 인내한 내 사랑은 지고 있다.' 그 당시 19세의 젊은이가 발산한 빛나는 감성과 관조의 세계에 고개가 숙여진다. 그날 아침 가지에 매달렸던 모습 그대로 땅에 떨어져 눈 감은 채 누워 있는 동백꽃들의 모습은 나 역시 떠나야 할 때가 되었을 때 어떤 모습으로 가야 할 것인가를 생각하게 해주었다. 대체로 많은 사람들이 좋아하는 장미나 국화 등 대부분의 꽃들은 아름다움을 뽐내다 피어난 줄기 끝에서 시들고 찌그러진 모습을 보이며 끝내 말라 죽어간다. 그러나 동백꽃은 가야 할 때가 되면 잎이 시들기 전에 추한 모습을 보이지 않고 훌훌 떠나버린다. 나는 동백꽃의 그 밉지 않은 오만 때문에 동백꽃을 좋아하는지도 모르겠다. 언젠가 대흥사 동백꽃 그 붉은 멍석에 누워 떨어지는 동백꽃 앞에 눈멀고 싶어진다. 그리고 떨어진 동백꽃을 쓸어버리지 않고, 많은 중생이 보고 느낄 수 있도록 그대로 둔 스님들의 심미안과 설법에 고개를 숙인다.

　대흥사를 뒤로 하고 아직도 인적 없는 산책로를 따라 숙소로 돌아오고 있었다. 한 5분쯤 지났을까? 누렁강아지 한 마리가 앞서거니 뒤서거니 하며 우리 부부를 따라오고 있다는 것을 눈치 챘다. 처음에는 아침부터 웬 강아지인가 하며 대수롭지 않게 생각했다. 그러다 문득 《나의 문화유산 답사기》라는 책에서 읽은 유선여관의 '누렁이'라는 개 이야기가 머리에 떠올랐다. 아차! 여관에 든 손님들을 버스정류장까지 배웅한다던 바로 그 누렁이로구나. 나는 휘파람이라도 불고 싶어졌다. 한번 생각해보라. 이른 아침 낯선 고장에서 낯선 강아지와의 숲속 산책을. 머리라도 쓰다듬어주기 위해 그에게 접근을 시도했으나 그게 허용되지 않았다. 약간의 거리를 유지한 채 우리는 매표소가 있는 출입통제선까지 동행하게 되었다. 직원 한 명이 출근해 있었다. 누렁이는 매표소 앞에 있는 출입통제선을 넘지 않았고, 걸음을 멈춘 누렁이는 물끄러미 우리를 바라보며 꼬리를 흔들고 있었다. 직원에게 누렁이에 관해서 물어보았다. 그의 설명에 의하면 책에 나왔던 누렁이는 지금 있는 누렁이의 어미였단다. 어미누렁이가 죽고 난 후 그 새끼누렁이가 여관에 든 손님들을 매표소 앞까지 배웅하는 역할을 이어받았다고 한다. 모녀가 대를 이어 유선여관을 빛내주고 있는, 감동적인 동물 가족 이야기가 아닌가. 직원에게 누렁이가 무엇을 좋아하느냐고 물었다. 주인이 누렁이에게 준다며 가끔 건빵을 들고 가는 것을 보았다고 했다. 급히 근처 상점으로 뛰어가서 건빵 한 봉지를 사가지고 왔다. 봉지를 뜯어 건빵을 손에 쥐고 손짓하니 그제야 가까이 다가왔다. 손바닥에 놓인 건빵을 몇 알만 먹은 후 자기 집 유선여관으로 황황히 되돌아갔다. 우리는 손을 흔들었고, 저만치 가던 누렁이는 걸음을 멈추고 한 번 우리를 되돌아본 후 숲속 길모퉁이로 사라져갔다.

4월의 이른 아침, 대흥사의 동백꽃 붉은 멍석과 누렁이와의 유쾌한 산책으로 인해 우리 부부의 남도 여행은 오래 기억에 남을 것 같다.

검둥여의 총소리

    시부모님들 앞에 저녁 밥상을 갖다놓을 때 그녀는 얼굴을 똑바로 들 수가 없었다. 시부모님들 역시 방바닥에다 고개를 떨어뜨린 채 아무 말이 없다. 아마도 너무 오래 살아 이같이 몹쓸 꼴을 당하게 되었다고 팔자타령을 하며 소리 없이 옷소매를 훔쳤을 것이다. 방 안에 밥상을 들여놓은 후 다시 정지로 들어갔다. 정지는 그녀의 문간방과 시부모님이 쓰는 안방 사이에 있다. 아궁이 앞에 쪼그리고 앉았다. 부지깽이를 들고 아직도 아궁이 속에 조금 남아있는 재 속 불씨를 푹푹 쑤셔댔다. 눈물이 쭈르르 흘렀다. 손등으로 흐르는 눈물을 닦아도 닦아도 주체할 길이 없다. 방문이 열리고, 마루에 퉁 하고 밥상이 놓이는 소리가 났다. 시어머니가 마루에 밥상을 내다놓았을 것이다. 잠시 후 그녀는 마루에 놓인 밥상을 들고 다시 정지로 돌아왔다. 밥그릇은 숟가락을 대다 말았다. 대충 설거지를 끝낸 후 그녀의 방으로 들어가 이불 위에 쓰러졌다. 두 어깨가 아프도록 울었다. 스물두 살에 시집 와 아들 하나 딸 하나를 낳고 과부가 된 지 어언 20년. 딸은 시집가고 아들은 군복무 중이다. 오늘 낮, 머리채를 잡힌 채 이리 끌리고 저리 끌리는 수모를 당했다. 피할 수도 없었고 맞싸울 힘도 없었다. 저고리가 찢어져서 등과 젖통이 반쯤 드러났고 얼굴에도 피멍이 들었다.

"이년아, 과부면 어디 가서 홀아비하고나 붙어먹지, 그래, 마누라 멀쩡한 사내하고 붙어먹어? 이 쌍년아, 너 죽고 나 죽자."

기남어멈의 고래고래 악쓰는 소리에 온 동네가 술렁거렸고, 이집 저집 돌담 위로 얼굴만 내민 사람들이 호기심 반 근심 반으로 그 처절한 광경을 지켜보고 있었다.

동네 한쪽에서 일어난 일이지만 삽시간에 온 시골동네에 소문이 퍼졌을 것이다. 스물일곱에 과부 되어 농사짓고 바다에 나가 물질하며 지금까지 시부모님 모시고 자식 남매 잘 길러서 칭송받고 살아왔는데, 그 모든 것이 하루 아침에 물거품이 되어버린 것이다.

그녀는 나이 40 중반에도 얼굴의 윤곽이 뚜렷하고 피부가 고와서 가끔 마을 남정네들로부터 은근한 시선을 받곤 했었다. 집이 100여 호가 넘는 큰 마을이지만, 그래도 시골이라

궂은 소문 없이 잘 지내왔다. 그런 그녀에게 언제부터인지 기남아범이 심상찮은 눈길을 보내오고 있었다. 그래도 그런 눈길을 한두 번 받아본 것이 아니었기에 대수롭지 않게 흘려보냈다. 어느 날 기남 아범이 사람들이 없는 틈을 이용하여 "밤에 한번 놀러가리다"라는 말을 은근한 어조로 슬쩍 흘렸을 때, 그녀는 가슴이 울렁거리는 것을 느꼈다. 하지만 붙임성 있고 활달한 남정네가 농담하는 것으로 치부해버렸다. 젊은 시절에 혼자되어 지금까지 살아오는 동안 외로움과 갈증 때문에 울기도 많이 했었다. 그러다가도 날만 새면 밭농사일과 물질(해녀일)에 모든 것을 잊을 수 있었다. 특히 짠 바닷물에서 몇 시간씩 자맥질을 하고 나면 밤새 눈 한 번 안 뜨고 새벽닭이 울었다. 그날도 물질에 지친 그녀는 저녁상을 치우고 난 후 반쯤 졸린 상태로 라디오 연속극을 듣다가 곧장 깊은 잠에 빠져들었다. 두 다리가 무엇에 눌린 듯 무겁더니 가슴이 답답해졌다. 번쩍 두 눈을 뜨자 억센 손이 입을 틀어막았다. 기남아범이었다. 소스라치게 놀랐지만 소리를 지르고 싶어도 지를 수가 없었다. 온 몸에 힘이 빠지면서 머리가 윙윙 울리기 시작했다. 그녀는 눈을 감아버렸다. 어쩌면 오랜 세월동안 이러한 때를 갈망해왔는지도 몰랐다. 그녀는 아무것도 생각하고 싶지 않았다. 그는 잠시 후 되돌아갔다. 그리고 두 번 더 밤중에 다녀갔다. 그러다 오늘 청천

벽력처럼 기남어멈에게 집 마당에서 당한 것이다. 조그만 시골마을에서 웬 사내가 깊은 밤중에 과부집에서 나오는 모습이 어느 누구의 눈엔들 안 띄었으랴. 본인도 모르는 사이에 소문이 퍼져나갔을 것이다.

그녀는 벽에 등을 대고 앉았다. 온 사방이 어둠에 잠겨 있다. 오랜만에, 정말 오랜만에 죽은 남편 생각이 났다. 자리에서 벌떡 일어났다. 그녀는 마을 뒷산 망재를 향해 걷기 시작했다. 보름달이 뜨려면 아직 시간이 좀 남아 있었다. 마을 뒷산의 가장 높은 봉우리는 약 250미터쯤 되었고, 봉우리와 봉우리 사이에 재가 있고, 그 재의 이름이 망재이다. 그 산 아래 자리 잡고 있는 마을 집들은 거의 대부분이 서쪽을 향하고 있다. 마을 앞 바다 건너 2킬로미터쯤 떨어진 곳에 또 다른 섬 하나가 동쪽을 향해 이 마을을 바라보고 있다. 뒷산 달 그늘에, 마을은 아직도 조용한 어둠에 잠겨 있다. 재를 반쯤 올라갔을 때 그녀는 뒤를 돌아다보았다. 산봉우리 위로 뾰족이 내민 보름달이 막 마을을 비추기 시작했다. 하얀 종이 위의 먹물을 씻어내듯이, 마을은 어둠으로부터 서서히 벗어나고 있었다. 모든 슬픔, 고뇌, 그리고 욕정을 씻어내고 있었다. 마을 앞 가을 바다는 희뿌연 달빛으로 흔들리고 있고, 사공 하나가 바다 건너 서쪽 섬으로 노 저어 가고 있다. 그녀가 망재에 도착했을 때 온 사방은 숨죽인 채 그녀의 발걸음 소리에 귀 기울이고 있었고, 어디선가 낯선 풀벌레 소리가 그녀의 달빛 그림자를 따라오고 있었다. 오른쪽에는 옛 성황당이 있는 거대한 당숲이 침묵 속에 어둠을 지키고 있다.

망재에서 바라본 마을 뒷바다는 수만 조각으로 부서진 하얀 달빛으로 출렁이고 있고, 흔들리는 달빛을 따라 먼 동해 바다로부터 파도가 섬기슭으로 몰려오고 있다. 그녀는 한동안 꼼짝을 않은 채 그 자리에 서서 밀려오는 달빛 파도를 하염없이 바라보고 있었다. 모든 것이 부질없었다. 무엇이 억울한지는 몰랐지만, 여하튼 억울하고 분하고 쓸쓸했다. 그녀의 선명한 달그림자가 길 위에 누워서 그녀를 바라보고 있었다. 멀리서 바라본 그녀의 모습은 오랜 세월에 고사목이 되어버린 소나무의 밑둥치를 닮아 있었다. 마을로 되돌아가기 위해 몸을 돌려 몇 걸음 옮기던 그녀는 무엇에 놀란 듯 다시 그 자리에 서버렸다. 아무도 반겨줄 이 없는 마을로, 치욕과 외로움으로 숨이 막힐 것 같은 그녀의 방으로 되돌아갈 용기가 나지 않았다.

놋쇠화로에 담뱃대만 두드리고 있을 시아버지와 옷소매로 흐르는 눈물만 찍고 있을 시어머니, 허탈에 빠져 하늘만 쳐다보고 있을 친정오빠, 시집간 딸, 군에 복무중인 아들, 이런저런 사람들의 얼굴이 하나하나 떠올랐다 사라져갔다.

이 세상의 모든 것이 그녀로부터 떨어져나가고, 두 팔도 두 다리도 다 떨어져나가고, 몸뚱이 하나만 남아 뒹굴고 있다는 느낌이 들었다. 허망한 세상. 남편이 죽던 그날부터 이제까지 모두가 허망한 세상살이였지. 그녀는 다시 돌아서서 먼 달빛 바다를 바라다보았다. 멀리 큰삼부도가 희미하게 눈에 들어왔고 더 가까이에 작은삼부도가 검은 모습으로 물 위에 떠 있었다. 두 섬 모두 사람이 살지 않는 무인도이다. 그녀는 걷기 시작했다. 마을로부터 점점 멀어지고 있다. 오른쪽에 보이던 마을 서낭당의 거대한 검은 숲이 뒤로 모습을 감추었다. 세갈림길이 나왔다. 제일 윗길은 산의 7부능선을 지나 쎄배로 가는 길이고, 가운데 길은 5부능선을 지나는 음짝길이고, 제일 아랫길은 바닷가로 통하는 딱밭길로, 갯가에 볼일이 있을 때나 낚시꾼들이 이용하는 길이다. 그녀는 딱밭길로 들어섰다. 대낮처럼 밝은 달빛으로 오솔길이 멀리까지 눈에 들어왔다. 가끔 동백나무 숲을 지나고 잿밥나무와 가막귀족나무 밑을 지났다. 그녀는 하염없이 계속 걸었다. 어느덧 파도소리가 들리는 바위 절벽 끝에 서 있는 자신을 발견했다. 바로 눈앞 잡힐 듯 가까운 거리에 작은삼부도가 달빛을 받으며 바다에 떠 있었다. 작은삼부도는 본섬, 둥근섬, 검둥여, 그리고 보찰여 등 네 개의 섬으로 이루어져 있다. 본섬과 둥근섬은 봉우리 쪽에서 약간의 나무와 풀이 자라고 있고, 보찰여는 파도가 높은 날이면 섬의 절반이 물에 잠길 정도로 소금기만 느껴지는 아주 작은 섬이다. 그래서 '여'라고 부른다. 끝으로 검둥여는 마치 돌고래 비슷한 모양을 하고 있는 작은 섬으로, 북쪽 머리 부분에서는 학교 교실 한 칸 정도의 넓이에 바위 틈틈이 풀들이 자라고 있었다. 그리고 그 한복판에 보통 사람의 키보다 조금 큰 소나무 한 그루가 서서 아주 오랜 세월동안 폭풍과 거센 샛바람, 그리고 차고 매서운 하늬바람을 견디며 우뚝 서 있었다. 멀리서 보면 우산을 받쳐 쓴 사람 형상이다. 그녀는 검둥여를 바라다보았다. 멀리 검둥여의 꼬리 부분에서 일고 있는 흰 파도가 달빛을 타고 시야에 들어왔다. 섬 머리 부분의 소나무가 검은 모습을 하고 너무나 선명하게 서 있었다. 그 소나무를 보자 급기야 오랫동안 가슴속에 묻혀 있던 서러움이 한꺼번에 터져 나왔다. 눈물이 흘렀다.

20여 년 전, 그녀의 남편은 여순사건에 연루되어 죽었다. 여수 순천에서 일어난 사건의 여파는 그 당시 배를 타고 예닐곱 시간이나 걸리던 이곳 한적한 섬까지 밀어닥쳤고, 초등학교 졸업 후 어부가 되었던 그는 공산주의가 뭔지도 모른 채 잘 살 수 있다는 말에 들떠 연락원 노릇을 하다가 사건이 평정된 후 잡혀 재판도 받지 못하고 총살형을 당했다. 지서로부터 연락을 받고 배를 타고 검둥여에 도착했을 때,

그녀의 남편은 소나무에 두 손을 뒤로 묶인 채 고개를 떨어뜨리고 죽어 있었다. 그 당시 제법 똑똑하다는 젊은이들은 모두 그 바람에 휩쓸렸고, 그리고 거의 다 잡혀 죽었다. 그래서 마을에는 그 당시 생긴 과부들이 상당수 있었다. 그녀는 절벽 끝에 쪼그리고 앉았다. 바람이 숨을 멈춘 바다는 어느덧 잔잔해져 있었다. 그러나 여운으로 남은 물밑 너울성 파도가 긴 파장을 이끌고 서서히 밀려와 절벽 밑 바위 끝에서 흰 포말을 일으키며 부서지고 있었다. 그녀는 20여 년 전의 남편의 모습을 떠올리려고 애를 썼다. 그녀는 검둥여의 소나무를 뚫어지게 바라다보았다. 소나무의 윗부분이 달빛 속에서 그녀의 남편의 모습으로 변해가고 있었다. 참으로 오랜만에 남편의 얼굴 모습이 떠올랐다. 우울한 모습이다. 남편은 두 손을 뒤로 묶인 채 한참동안 그녀를 바라보고 있다. 무슨 말을 하려는 듯했다. 바로 그때 어디선가 '탕! 탕!' 총소리가 울리고, 남편은 고개를 떨어뜨렸다. 어느덧 잔잔해진 바다 위로, 검둥여로부터 절벽 밑까지 하얀 달빛 길이 열려 있었다. 아득히 먼 곳으로부터 함성이 들리기 시작했다. 기남어멈의 욕설, 마을 사람들의 비웃음, 시부모님의 통곡소리 등이 점점 더 가까이 다가오고 있었다. 그녀는 두려움에 몸을 떨었다. 비난의 함성이 뒤통수를 때리고 있었다. 달빛길 위에서 그녀의 남편이 그녀를 향해 손을 들어 부르고 있었다. 그녀는 벌떡 일어나 남편을 향해 달려 나갔다. 그 순간 비난과 욕설의 함성도, 남편의 얼굴도 그녀의 의식 속에서 멀어져가고 있었다. 지나가던 바람이 한 번 세차게 숨을 쉬자 달빛길이 흔들리다 깨어져버렸다. 그리고 절벽 밑에서 큰 포말이 물 위로 솟구쳐 오르다 사라져갔다.

바다에 내리는 눈

자취 없이도 아름답고
가진 것 없이도 가득하고
혼자 걸어도 행복했노라고
노래하는
가난한 시인의 무명 손수건

옷 한 벌 염주 하나
흰 고무신 한 켤레 남기고
육신을 태워 보시한
어느 고승의 뒷모습

청결한 가슴으로 아픔을 보듬어주시던
어머니
그 치맛자락에 소리 없이 떨어지던
간절한 소망의 흰빛 눈물

이름 없는 백성으로 남아

분노를 태우다

티 없이 사라져 간

어느 민초의 행복한 미소

혼자 가는 여행

문득 혼자 여행을 떠나고 싶었다. 칫솔, 수건, 면도기, 책한 권, 그리고 집에서 담근 매실주 작은 병 하나를 배낭에다쑤셔 넣고 청량리 역 구내에 섰다. 1998년 2월 22일 9시 30분. 10시에 출발하는 강릉행 무궁화호 차표는 입석만 남아있었다. 11900원. 입석 차표를 손에 쥐고 개찰구를 빠져나왔다. 맨 앞쪽에서 나를 싣고 달려갈 기관차에는 관심이 없었다. 꽁무니에 붙은 1호 객차에 올랐다. 뒤쪽 출입문 옆 벽과 끝 좌석 사이에 사람 하나 들어가 설 수 있는 공간이 있다. 배낭을 선반에 올려놓고 그 빈 공간을 차지하려고 눈길을 주니 환갑이 지났을 듯한 아주머니 한 분이 이미 그 틈새를 점령하고 있었다. 창 쪽으로 객차의 난방용 스팀장치가지나는 곳에는 사람 엉덩이를 겨우 걸칠 수 있는 턱이 만들어져 있다. 아주머니는 이미 그 불편한 의자의 주인공이 되어 있었다. 나는 안다. 그곳이 불편은 할지언정, 엉덩이를 통해서 전해지는 따스함은 입석 차표의 불편함도 삶의 고달픔도 잠시 잊을 수 있게 해준다는 사실을.

나는 아주머니 옆에 섰다. 객차의 앞쪽에서 보면, 서 있는 나는 보이지만 앉아 있는 아주머니는 보이지 않는다. 아주머니는 무릎 위의 보따리에 얼굴을 묻고 있다. 벌써 잠든 것일까? 출발 직전, 나는 눈을 감는다. 출입문이 부지런히 열리고 닫혔다. 기차가 움직이기 시작하자 나는 눈을 떴다. 아주머니는 여전히 보따리에 얼굴을 묻고 있다. 망우역을 지나고 금곡능을 뒤로 하면서 나는 내가 어느 쪽으로 가고 있다는 것은 알지만 정확한 목적지는 아직 정하지 않았다는 사실을 깨달았다. 하늘은 구름 한 점 없이 맑았고, 객차 안에서 바라본 산과 들은 아직도 봄기운이 멀리서 머뭇거리고 있는 것 같다. 응달진 산골짜기마다에 잔설이 쌓여 있다. 배낭을 열고 책을 한 권 꺼냈다. 80년대 말 젊은 나이에 요절한 어느 시인의 산문집이다. 지금 중늙은이가 다 된 내가 한 시인의 젊은 날의 고뇌와 방황을 그린 책을 읽고 있다. 그리고 나는 막연히 무엇인가를 그리며, 누군가를 만나고 싶어서 기차에 몸을 싣고 있는 것이다.

다리가 무거워지고, 그보다는 돋보기를 쓴 눈이 아파졌다. 돋보기를 쓰고 책을 읽을 때는 한 시간 중 10분 이상 눈을 쉬게 해야 한다. 객차의 문을 열고 밖으로 나왔다. 플랫폼에서 객차로 오르는 승강구가 있는 공간이다. 젊은 연인한 쌍이 팔짱을 낀 채 승강구 계단에 앉아 있다. 여자는 남자의 어깨에 머리를 기대고 있고, 남자는 위를 향해 담배연기를 내뿜고 있다. 나는 철로가 보이는 뒷유리창에 이마를 맞대고 섰다. 철로 주변의 집들, 나무들, 작은 산들이 나로부터 멀어져가고 있다. 그들이 나로부터 떠나가고 있는 것일까, 내가 그들로부터 멀어져가는 것일까? 눈을 아래로 두었다. 보이는 것은 철로의 레일과 침목, 그리고 침목을 받치고 있는 자갈들뿐이다. 침목과 자갈들이 빠른 속도로 시야에서 사라진다. 그러나 철로의 레일은 항상 한 곳에 머물러 있는 것 같다. 햇빛 때문이다. 기차 바퀴와의 마찰로 인해 레일이 거울처럼 반질반질 빛나고, 그 레일 위에서 반사된 한낮의 햇빛이 눈을 부시게 한다. 그런데 반사된 빛은 객차 바로 뒤에서만 빛나고 있다. 자갈과 침목, 그리고 주변의 모든 것들이 과거로 흘러들어가고 있는데, 레일 위에서 반사된 빛은 줄기차게 나를 따라오며 현재에 머물러 있다.

제행무상諸行無常이라는 법어法語가 말해주듯, 오늘의 나는 어제의 내가 아닐 것이다. 그러나 과거와 완전히 단절된 현재의 나는 존재할 수 없으리라. 다시 나의 자리로 왔다. 돋보기를 쓰고 책을 본다. 영월을 지나면서 빈자리가 생기기 시작했다. 빈자리를 잡고 앉아 가져온 매실주를 몇 모금 마셨다. 약간 취기가 오른다. 늙은 농부가 바라본 초겨울 빈 들녘처럼 산그늘 군데군데 남아 있는 2월말의 잔설이 쓸쓸해 보인다. 철길 중 가장 높은 곳에 위치하고 있다는 추전역을 지나면서 기차는 내리막길을 달린다. 사북, 태백, 도계 등을 지날 때의 주변 풍경이 을씨년스럽기만 하다. 석유와 가스 때문에 무연탄 사용량이 줄어서인지 폐광된 마을에는 사람이 살지 않고, 비어 있는 시멘트 블록으로 지은 사택들이 여기저기 산재해 있다. 창문에서 떨어져나간 창틀에는 찢어진 비닐조각이 힘없이 바람에 펄럭이고 있었다.

내가 가지고 있는 입석표의 종착역은 강릉이다. 그러나 묵호에서 기차를 내렸다. 오후 4시. 묵호항 방파제를 따라 바다를 오른쪽에 끼고 걸었다. 문득 주문진에 가보고 싶은 생각이 들었다. 시외버스터미널에서 주문진행 직행버스를 탔다. 차비는 2200원. 땅거미가 질 무렵 주문진에 도착했다. 이미 네온사인 불빛으로 환해진 거리 중심부를 지나 주문진 어시장 근처에서 발길을 멈췄다. 어판장 근처 바닷가에는 꾸들꾸들하게 말린 가자미를 파는 좌판 상인들 몇 명만 남아 마지막 귀가 정리를 서두르고 있었다. 고깃배들은 말없이 비린내 나는 부두를 지키고 있었고, 어두워진 밤하늘엔 극성스런 갈매기 한 마리조차 보이지 않았다. 길 건너 어시장을 찾아들었다. 건물 안 시장은 불빛으로 환하게 밝혀져 있었으나 장을 보러 온 사람은 많지 않았다. 몇몇 활어횟집에서 회를 즐기고 있는 사람들만 눈에 띄었다. 시장 중심부에는 두세 평 공간을 차지하고서 생선을 팔거나 좌판 횟집을 운영하는 가게들이 있다. 대개가 활어는 아니지만 신선한 생선을 취급한다. 선도가 좋은 오징어, 청어, 전어 등 값이 싼 잡어들을 가지고 회를 만들어준다. 현지 뱃사람들은 활어보다는 바다에서 잡은 지 얼마 되지 않은 신선한 생선을 회로 즐겨 먹는다. 겨울인 경우 막 잡은 물고기를 선상에 던져놓았다가 몇 시간 후에 회를 떠서 먹으면 더 맛이 있다. 다시 말하면 자연 숙성을 시키는 것이다. 내가 지나가자 아주머니들이 서로 자기 가게로 오라고 손짓한다. 요사이 많이 잡히는 청어를 뼈를 발라낸 후 살만 썰어서 한 모둠씩 쌓아놓고 5000원에 먹고 가란다. 마음씨 고와 보이는 아주머니네 가게에 자리를 잡고 앉았다. 초고추장과 야채를 듬뿍 넣고 주물럭거리니 훌륭한 회무침이 되었다. 소주 한 병을 다 비웠다. 얼큰해진 상태로 다시 거리로 나와 어판장 근처 바닷가와 방파제 등을 서성거리며 돌아다녔다. 약속도, 만나야 할 사람도 없었다. 하지만 약 35년 전 이곳을 배회하던 한 젊은이를 생각해낼 수 있었다. 대학을 휴학하고 길을 잃은 채 방황하던 시절, 이 동해안에서 약 2개월간 죽변, 묵호, 주문진, 속초 등 항포구를 옮겨 다니며 오징어잡이를 하던 시절이 있었지. 바다는 언제나 나에게 생에 대한 무한한 생동감을 느끼게 해주었고, 꿈을 잃어버린 자의 슬픔과 외로움을 잊게 해주었다. 파도는 침대의 쿠션처럼 포근했고, 밤을 새운 오징어잡이로부터 포구로 돌아오는 귀항길에 속초 앞바다에서 바라본 눈 덮힌 설악산은 무겁던 눈꺼풀마저 가볍게 해주었다. 초겨울 밤바다에서 바라본 먼 하늘 별자리들은 밤 노동의 피로를 씻어주었고, 나는 오리온성좌의 삼태성을 사랑했었다. 영문시집 한 권을 옷 보따리 속에 감추고 포구 길모퉁이에 앉아 좌판 아주머니가 말아주는 국수의 멸치국물에 좌절을 이겨낼 수 있었던 시절. 나는 그 시절이 그리워 혼자 이곳을 찾은 것인가? 현재의 나는 옛날의 그 젊은이가 아니고, 과거의 모든 것은 흘러가버리고 이 자리에 없다. '오는 것보다 가는 것이 더 아름답다. 그것도 빠르게 덧없이 가는 것이 더더욱 아름답다'라는 말이 있다. 그리움 때문일 것이다. 이제야 나는 내가 왜 이곳 동해안에서 혼자 서성거리는지 이유를 깨달았다. 아주 먼 옛날 고뇌하고 슬퍼하며 무엇인가를 그리워하던 한 젊은이를 만나러 이곳에 온 것이다. 그리고 외롭던 그 젊은이를 지금 내가 얼마나 사랑하고 자랑스러워하는지를 깨달았다. 내일 정동진이나 경포대해수욕장에 가서 끝없이 밀려오는 파도를 향해 가습을 열어보자. 바다를 마주대하고 서면 나는 언제나 젊음을 느낀다. 강릉을 떠날 때면 나는 모든 마음의 속박으로부터 자유로워져 있는 자신을 발견할 수 있을 것이다.

화엄경을 읽고

선재여,
당신은 소나강 기슭에서
흘러가는 모든 것이 진리라고 가르친
문수보살의 지혜에 눈 떴습니다
강물 위로 흘러가는 잎사귀의
빈 마음을 사랑했습니다.
진리를 사랑한 당신은
문수보살도 자신도 잊었습니다
기억한다는 것은 번뇌입니다

보살의 길은 흐르는 강물 위에 있음을
알았기에 언제나 길 위를
어린아이로 흘러갑니다
흘러가는 모든 것에는
더러움이 스미지 않습니다
한 곳에 머물음은 티끌마저
산처럼 큰 괴로움이 됩니다

비 오면 옷 벗고 해 뜨면 옷 입는

길 위의 나그네는

수미산 기슭에 핀

이름 모를 들꽃 같은

맑은 우주입니다

그런데

한 곳에 머물러

그대의 맑은 우주를 그리워하는

나는 누구입니까?

겨울 바다에 갈매기 날 때

소년은 잠결에 아랫목이 따뜻해지는 것을 느끼며 먼데서 닭 우는 소리를 들었다. 새벽 두 번째 닭 울음소리다. 타다닥, 타다닥, 부엌에서 나무개비 타는 소리가 새벽어둠을 뚫고 방안으로 스며든다. 소년은 일어나야 할 때가 가까워졌다는 것을 알고 있다. 하지만 덮고 자던 이불을 떨치고 일어나는 것은 15세 소년의 의지로는 참 힘든 일이다. 반의식 상태에서 소년은 어머니가 자기를 깨워주기만을 기다리고 있는 것이다. 드디어 방문 여는 소리가 들리고 "악아, 일어나야 쓰겠다"라며 어머니가 아들의 어깨를 흔든다. 소년은 두 눈을 부비고 일어나 앉는다. 윗목 선반 위에 놓인 석유 등잔 불빛이 아직도 졸음이 덜 가신 소년의 눈에는 너무 밝게만 느껴진다. 희미한 석유 등잔 불 아래 수건을 머리에 두른 어머니가 소년을 내려다보고 있다. 잠을 깨운 어머니는 안쓰

러우면서도 한편으로는 자랑스러운 표정이다. 소년이 일어나 세수를 하러 마당으로 나간다. 동쪽 먼 하늘엔 어둠이 옅어지고 있으나 바닷가 갯마을은 아직도 짙은 어둠에 잠겨 있다. 찬물로 세수를 하니 정신이 번쩍 든다. 그 사이 어머니는 밥상을 들고 방 안으로 들어온다. 밥상 위에는 고구마가 가득 담긴 놋그릇 하나, 몰국(모자반이라는 해초를 넣고 끓인 국) 사발, 그리고 고춧가루가 드문드문 보이는 김치 그릇 하나가 전부이다. 어머니는 새벽 첫 닭이 울 때 일어나 무쇠솥에 고구마를 삶고 엊저녁에 끓여둔 몰국을 데웠다. 하루 종일 노를 저어야하는 소년은 배고픔이 무엇인지 잘 알고 있다. 삶은 고구마로 배를 가득 채운다. 어머니는 밥상 앞에 쪼그리고 앉아서 도시락 준비를 하고 있다. 시누대로 엮어 짠 원통형의 소형 바구니에다 고구마와 김치 그릇을 담은 후 뚜껑을 덮고 보자기로 싼다. 어머니는 쌀 한줌이라도 섞인 보리밥으로 도시락을 싼다면 얼마나 좋을까 하는 생각을 한다.

고구마는 먹고 돌아서면 배가 허전해진다. 하루 종일 노를 저어야하는 어부에게 힘쓰는 먹거리는 되지 못한다. 보리밥이라도 곡기가 들어가야 힘을 쓸 터인데 형편이 그렇지 못하다. 도시에서 중학교를 다니던 아들이 섬으로 돌아와 생계를 위해 하루 종일 노를 저으며 고기잡이를 하고 있으니 어머니의 마음이 편할 리가 없다. 하루 한 번씩은 아무도 모르게 혼자 눈물을 떨군다. "악아, 어제는 삼치가 많이도 났는데 오늘은 어쩔지 모르겠구나. 며칠만 그렇게 나도 좋을 텐데." 어머니가 은근히 기대감을 나타낸다. 어제는 삼치를 50마리 넘게 낚아서 다섯 명의 어부와 선주 두 몫 해서 일곱 몫으로 나누고도 1인당 쌀 두 말씩의 돈을 벌었다. 아주 드물게 큰 삼치떼가 섬 근해를 지나갔던 것이다. 닭이 세 번째 울기 전인데도 저벅저벅, 장화 신은 발걸음소리가 마당 돌담 너머로 부산하게 들려온다. 어제 큰 어장이 형성되었기 때문에 온 섬이 새벽부터 긴장감에 싸여 있다. 소년은 귀덮개가 달린 모자를 눌러 쓰고 도시락통을 받아들었다. 그 모자는 소년의 할아버지가 평생 쓰던 것을 손자가 물려받은 것이다. 새벽 세 번째 닭이 울었다. 그리고 새벽의 짙은 어둠이 옅어지면서 서쪽 하늘에는 샛별 하나만 남고, 나머지 모든 별들은 자취를 감추었다. 소년은 급히 갯가로 나갔다. 하늬바람 파도가 마을 앞 해변의 자갈밭을 찰싹거리며 넘나들고 있었고, 오마리(길이 약 6미터, 폭 3미터 정도 크기의 나무로 건조된 작은 어업용 보트로, 이물이 뾰족하게 생겨서 파도를 잘 가르게 되어 있고 노 세 개를 세 사람이 동시에 저을 수 있어 상당한 속도를 낼 수 있음) 십 수 척이 마을 앞 자갈밭에 꽁무니를 걸치고서 출어 준비를 하고 있었고, 디젤엔진을 장착한 통통배 세 척이 엔진에 시동을 건 채 굴뚝에서 검푸른 연기를 내뿜으며 방파제 밑에서 아직 오지 않은 다른 어부들을 기다리고 있었다.

통통배의 정원은 서너 명으로, 한 명이 키를 잡고 다른 두 명이 낚싯줄을 잡고 고기를 낚는다. 반면에 오마리는 반드시 다섯 명을 정원으로 한다. 한 명이 낚싯줄을 잡고 네 명이 교대로 세 개의 노를 젓는다. (지금은 노를 저어 바다로 나가 고기를 잡는 무동력선은 사라진지 이미 오래이다.) 낚시채비는 약 100미터쯤 되는 전선줄에 30센티미터 간격으로 면실을 미끄러지지 않게 꼭 감은 후 그 실 위에다 어린아이 새끼손가락 끝마디 크기의 납을 부착시킨다. 그러면 원줄의 무게가 거의 10킬로그램에 육박한다. 그리고 원줄의 끝에 철사로 삼각대를 만들어 고정시킨 후 양 끝에 목줄을 달고 목줄 끝에 죽은 미꾸라지를 낚시와 함께 매달았다. 낚싯줄을 바다 속에 내리고 시속 2~3마일 속도로 트롤링(끌기)을 하면 납의 무게 때문에 낚시채비가 바다 속에서 약 40도의 각도로 비스듬히 딸려온다. 그러면 낚시 끝에 매달려 마치 살아 움직이듯 딸려가는 죽은 미꾸라지를 보고 삼치가 달려들어 무는 것이다. 물론 통통배가 삼치도 더 많이 잡고, 노를 젓지 않아 힘도 덜 들고, 배가 크기 때문에 안전했다. 통통배의 젓군이 되는 일은 하늘의 별 따기만큼이나 어려웠다. 베테랑 어부나 가까운 친척이 아니면 불가능했다. 소년이 타고 어장으로 나갈 배에는 이미 세 명이 나와 있었다. 기철이라는 친구만 아직 보이지 않는다. 기철이는 소년과 같은 나이였지만 덩치도 크고 힘도 셌다. 제일 연장자는 30대의 아저씨뻘 되는 분이었고, 나머지 두 명은 군에 입대하기 전의 청년들이었다. "기철이가 늦는 모양이다. 빨리 가서 데리고 오너라." 아저씨가 소년에게 말한다. 바로 그때 기철이가 뛰어오는 모습이 보였다. 배가 출발했다. 하늬바람이 3~4미터 속도로 불고 있다. 삼치잡이 어장이 섬의 동남쪽에 위치하고 있기 때문에, 아침에 어장터로 나갈 적에는 노젓기가 훨씬 수월하다. 바람이 뒤에서 불어와 파도가 배의 뒤꽁무니를 밀어주기 때문이다. 오마리들이 앞서거니 뒤서거니 하며 힘차게 노를 저어 간다. 옆 동네 유촌리와 물 건너 약 1.5킬로미터 떨어진 서도리에서 출발한 배들도 어장터로 열심히 달려가는 모습이 보였다. 마을 치끝을 돌아나가자 멀리 동쪽 바다 수평선이 훤히 눈에 들어온다. 소년이 살고 있는 죽촌과 옆 동네인 유촌이 있는 동도섬과 면사무소가 있는 거문리섬 사이에는 폭이 약 1.8킬로미터 정도인 넓은 바닷길이 있다. 섬과 섬 사이의 이 수로를 섬사람들은 '도'라고 불렀다. 이 수로는 넓고 또 수심이 깊어, 태풍이 있을 경우 1만 톤 급의 상선들도 섬의 내해로 들어와 태풍을 피할 수 있다. 이 도를 벗어나면 섬의 외해外海가 나온다. 바로 그곳이 어장터인 것이다. 날은 이제 완전히 밝았고, 먼 수평선 너머 붉은 기운이 짙어지고 있었다. 높이 0.5미터 정도의 파도가 고물을 밀어주어, 배는 바다 위를 부드럽게 미끄러지듯 달린다. 동철아저씨는 산 미꾸라지 두 마리를 뱃전에다 내리치어 죽인다. 그렇게 죽인 미꾸라지라야 트롤링을 할 때 낚싯바늘 끝에 매달린 채 마치 살아 있는 놈처럼 꼬리를 흔들며 따라온다. 자연사한 미꾸라지는 이미 빳빳이 굳은 상태이기 때문에 꼬리를 흔들지 않아 루어용 미끼로는 부적합하다. 철상아저씨는 채비 준비를 하면서도 연신 동쪽 하늘을 힐끔힐끔 쳐다본다. 갈매기를 찾고 있다. 수십 마리의 갈매기가 바다 위를 배회하면서 해수면으로 수직강하를 했다가 다시 하늘로 솟구쳐 오르는 비행을 계속하면 틀림없이 삼치 떼가 있는 것이다. 삼치의 먹이인 멸치가 삼치에 쫓겨 물 위로 솟구치면 그 솟아오르는 멸치를 잡아먹기 위해 갈매기가 수직강하 비행을 하는 것이다. 갈매기가 보이지 않는다. 소년의 배가 도를 빠져나와 동도섬 동남쪽 끝인 다랭이끝을 지나 거문리섬 바깥쪽에 위치한 노루섬을 지났다. 어장터에 도착한 것이다. 동철아저씨가 낚싯줄을 물속에 드리웠다. 70~80미터 가까이 낚싯줄을 풀어주자 저항을 받아 배의 속도가 줄고 노 젓는 팔에도 힘이 들어간다. 멀리 동녘 수평선 위로 붉은 아침 해가 벌써 한 뼘쯤 솟아 있다. 뱃머리를 서도리섬의 동남쪽 끝에 위치한 거문도등대 쪽으로 향한 채 노를 젓기 시작한다. 하늬바람 파도가 작은 오마리배의 옆구리를 철석철석 치고 있다. 배 옆구리의 높이는 수면에서 70센티미터 정도가 고작이다. 동철아저씨도 무거운 낚싯줄을 마치 대장간 풀무질 하듯 당겼다 주었다 하고 있다. 요사이 낚시 전문용어로는 저킹이라고 불러야 될 것 같다. 다른 동네 배들까지 합쳐서 수십 척의 배들이 바다 위를 이리저리 누비고 다닌다. 썰물이 지려면 아직도 세 시간은 기다려야한다. 어제는 썰물에 삼치가 물리기 시작하여 저녁때까지 입질이 계속되었던 것이다. 해가 수평선 위로 한 길 이상 오르자 바람이 약해지면서 파도마저 잔잔해졌다. 한 시간이 넘도록 노를 저어가며 헤맸으나 삼치 한 마리 잡지 못했다. 옆을 지나가는 다른 배들 역시 입질을 받지 못했는지 풀들이 죽어 있었다. "맛 봤소?" "오늘은 공칠 것 같네." 얼굴을 아는 배가 바싹 옆으로 스쳐지나갈 때면 서로 말을 걸며 인사를 나눈다. 동철아저씨가 채비를 걷어 올리며 잠시 쉬기로 한다. 어미노(1번 노) 만 남기고 2번, 3번 노는 배 위로 걷어 올린다. 그리고 조류 따라 배가 흘러가도록 내버려둔다. 소년은 배의 옆면에 등을 대고 앉아 먼 수평선을 바라본다. 하늘 먼 곳에서 갈매기 한 마리가 높이 날며 비행 연습을 하고 있다. 저 갈매기는 하루 종일 날아도 피곤하지 않을까 하는 생각을 해본다. 초등학교 시절, 학교대표로 부산시 백일장에 나갔다가 상을 탔던 기억이 났다. 그때 소년은 하늘을 자유롭게 날아다니는 갈매기를 보고 내 고향 바다도 마음대로 오갈 수 있는 갈매기가 부럽다는 투의 내용으로 시를 썼었다. 그러나 지금의 갈매기는 그런 부러움의 대상이 아니다. 한가로이 하늘을 날고 있는 한 마리의 갈매기가 아니고, 떼를 지어 해수면으로 곤두박질했다가 다시 솟구쳐 오르는 갈매기들의 바쁜 비행이야말로 소년과 또 다른 모든 어부들의 가슴을 뛰게 하는 희망의 날갯짓이다.

갈매기들의 바쁜 몸짓은 그들의 먹이인 멸치 떼가 있다는 것이고, 어부들에겐 쌀이 섞인 한 그릇의 따뜻한 보리밥과 바꿀 수 있는 삼치 떼가 있는 것을 의미한다. 바람이 잔잔해진 바다에서는 파도에 흔들리는 배의 움직임도 미미하다. 두 형들은 졸고 있다. 엊저녁에 밤늦게까지 막걸리 내기 나이롱뽕이라도 한 모양이다. 배는 조류에 밀려 등대로부터 남쪽으로 2킬로미터쯤 멀어져 있다. 소년은 눈을 감았다. 2센티미터 두께의 배 밑장 아래는 수십 길 깊은 바다이다. 두려움은 없다. 2센티미터 두께의 나무판자가 물 위에서는 얼마나 안전한지를 뱃사람들은 잘 알고 있다. 소년은 100미터 바다 밑을 헤엄쳐가고 있는 물고기 떼의 환영을 본다. 삼치잡이에서 번 돈을 드렸을 때 흡족해하시던 어머니의 얼굴이 떠오른다. 작은 파도가 뱃전을 살짝 밀어줄 때마다 배가 갸우뚱 그네를 탄다. 소년은 행복하다. 동철아저씨가 작업 시작을 알리자 다시 노를 젓기 시작한다. 시간은 정오를 향해 다가가고 있었고 조류는 이미 초썰물이 시작되고 있었다. 등대 쪽을 향해서 트롤링을 시작했다. 동철아저씨는 연신 주위를 살피며 낚싯줄을 두 손으로 움켜쥐고 힘차게 저킹을 계속한다. 등대 밑 300미터 지점까지 오자 방향을 북쪽으로 잡고 서도리섬 뒷면의 절벽 해안을 따라 다시 트롤링을 계속한다. 삼치 한 마리 구경할 수가 없다. "감재(고구마)나 먹재라." 두성 형이 한마디 하자 모두가 찬성이다. 벌써 많은 배들이 신선바위라 불리는 해안 절벽 바로 밑에 모여 점심을 먹거나 휴식을 취하고 있었다. 서도리섬의 남쪽 해안 절벽 밑은 겨울이면 북풍을 막아주어 언제나 파도가 잔잔하고 따뜻했다. 평상시 휴식을 취하거나 점심을 먹기 위해 배들이 모여드는 곳이다.

　모두가 점심을 먹기 시작한다. 동철아저씨의 보리밥을 제외하면 모두가 삶은 고구마에 김치이다. 고구마는 빨리 먹을 수가 없다. 목이 막히면 2리터짜리 대두병에 담아온 물을 조금씩 마셔가며 목구멍으로 천천히 넘겨야 한다. 가끔은 수십 척의 배들이 좁은 공간에 모여들기 때문에 같은 동네 배들끼리 서로 밧줄로 묶은 다음 서로 배를 넘나들며 이야기꽃을 피우기도 한다. 오늘은 어제 잡은 삼치 이야기로 이야깃거리가 풍부하다. 서도리의 어떤 기계배(통통배)가 삼치 떼를 쫓아 여서도까지 갔었는데 무려 200마리를 낚아서 대박을 쳤다는 소리에 모두가 부러운 눈치이다. 노를 젓는 오마리배는 그렇게 먼 곳까지는 도저히 갈 수가 없는 것이다. 소년은 눈을 감고 잠을 청했다. 세 개의 노를 네 명의 어부가 교대로 젓기는 하지만, 열다섯 살의 어린 나이에는 힘도 딸리고 요령도 부족했다. 누군가 그 당시 유행하던 〈청춘고백〉이라는 노래를 구성지게 부르는 소리를 들으며 막 잠속으로 빠져들려고 했다. 노랫소리에 장단이라도 맞추듯 작은 파도에 배가 흔들렸다. 갑자기 여기저기서 "떴다!"하는 소리가 터져 나왔다. 배들이 바다 쪽을 향해서 달려 나가기 시작했다. 등대 서남쪽 1킬로미터 지점에 수많은 갈매기 떼가 날고 있는 모습이 보였다. 통통배들은 요란한 엔진소리를 내면서 갈매기들이 날고 있는 곳으로 앞서 달려가고, 그 뒤를 오마리들이 열심히 노를 저어 따라가고 있다. 소년도 숨이 가쁘도록 열심히 노를 젓는다. 현장에 조금이라도 먼저 도착한 배가 한 마리의 삼치라도 더 잡는다. 동철아저씨는 낚싯줄을 20미터 정도만 물 속에 담그고 저킹을 하고 있다. 삼치가 물 위로 솟구쳐 뛰어오르기 시작하면 채비를 물 속 깊이 담글 필요가 없다. 갈매기가 떼 지어 날고 있는 곳으로 절반쯤 갔을 때 배 옆에서 삼치 한 마리가 물위로 뛰어 올랐다. "삼치가 뛴다!"라고 누군가 소리치는 순간, 동철 아저씨가 "얏타!" 하고 소리쳤다. 삼치가 물렸다는 뜻이다. 얼마 후 3킬로그램짜리 삼치 한 마리를 배 안으로 끌어 올렸다. 그러자 곧 배 주위에서 수백 마리의 삼치 떼가 물 위로 솟구치며 하얀 물보라를 일으켰다. 마치 무쇠 솥뚜껑을 뒤집어놓고 그 속에 굵은 모래를 넣고 달구어서 강냉이를 볶을 때 옥수수가 하얗게 튀어 오르는 모습과 흡사하다. 이럴 때면 손놀림이 빠른 숙달된 어부라야 몇 마리라도 더 낚을 수가 있는 것이다. 두 번째 낚시를 물속에 담근 지 몇 초 만에 쌍다리(낚시 두 개에 동시에 고기가 물리는 것)를 했다. 그러면 교대로 쉬고 있던 다른 한 사람도 고기잡이에 합세한다. 이렇게 고기가 정신없이 물릴 때면 팔뚝에 힘이 나고 이세상 모든 번뇌도 고달픔도 다 잊어버린다. 불과 한 시간도 되기 전에 배 고깃간에는 열다섯 마리의 삼치가 퍼덕거리고 있었다. 수면 위로 솟구치는 삼치 떼를 쫓아 노를 젓다 보니 등대에서 남서쪽으로 3킬로미터 지점까지 멀어져 있었다. 갑자기 삼치의 입질이 뚝 끊어졌다. 삼치 떼가 다시 깊은 물속으로 잠수를 했거나 아니면 다른 바다로 이동해버린 것이다. 동철아저씨는 다시 낚싯줄을 50미터 수심까지 내리고 저킹을 시작한다. 배는 선수를 등대 쪽으로 향하고 천천히 나아간다. 온 바다가 갑자기 적막감에 휩싸인 것 같다. 삼치의 입질이 끊어지자 소년은 갑자기 피로가 몰려오는 것을 느꼈다. 그러나 마음 놓고 쉴 수는 없다. 배는 어느덧 등대 근처를 돌아 북동쪽으로 향했다. 멀리 동도섬의 동남쪽인 다랭이끝이 보이고, 동도섬의 동쪽 2킬로미터 지점에 작은 삼부도가 바다 위에 떠 있고, 작은삼부도 동쪽 3킬로미터 지점에 큰삼부도가 오후의 햇살을 받으며 늠름한 자세로 바다를 붙들고 서 있다. 그리고 큰삼부도 동쪽으로 저 멀리 백도가 동양화 속의 산 그림자처럼 희미하게 수평선 위에서 흔들리고 있다. 아침에 3~4미터의 풍속으로 불던 하늬바람도 완전히 숨을 죽였다. 음력설이 막 지난 남쪽 바다의 오후는 나른한 봄기운으로 졸고 있었고 어부들은 쉴 시간을 찾는다. 소년은 배가 고파지기 시작했다. 삼치가 물지 않으니 잊었던 피로가 몰려오고, 오후 봄볕은 졸음을 재촉한다. 등대가 배의 뒤꽁무니에 붙어 있다. 소년은 파란 바닷물에만 눈을 둔 채로 노를 젓고 있다. 배 옆구리로 하얀 거품들이 줄지어 지나간다. 배의 이물 끝이 물을 가르며 나아갈 때 생기는 포말들이다. 소년은 포말들의 숫자를 헤아려본다. 끝이 없다. 뒤로 멀어져가는 포말들을 쫓아 시선을 배의 고물 쪽으로 향한다. 다들 곧 사라진다. 인생처럼, 청춘처럼.

삼치 한 마리 소식이 없다. 시간은 어느덧 오후 3시를 넘어서고 있다. 온 사방을 둘러보아도 고기 한 마리 낚아 올리는 배가 없다. 바람기 하나 없는 바다 위에는 정적이 감돌고, 길이 6미터의 작은 오마리는 물 위에 내려앉은 갈매기를 닮았다. 소년은 뱃속 창자에서 나는 쪼르륵 소리를 듣는다. 소년이 살고 있는 죽촌 다랭이끝과 넙대이 사이에 있는 새말 남쪽 산비탈에 피어 있는 노란 야생배추꽃이 눈에 들어왔다. 거문도의 봄 바다 어부들이 느끼는 배고픔은 야생배추꽃의 노란 색깔로부터 왔다. 그래서 이곳 어부들은 몹시 배가 고플 때면 '눈에 배추꽃 핀다'라는 말을 하곤 했다.

기철이가 도시락 그릇에 남아 있던 김치조각을 찾아 맛있게 먹고 있다. 소년은 물병을 입에 대고 꿀꺽꿀꺽, 찬물을 몇 모금 마신다. 오늘따라 배추꽃 색깔이 더욱 노랗게 보인다. 작은삼부도 근처까지 갔으나 소식이 없다. 다시 뒤돌아 등대 쪽으로 향했다. 등대 가까이 트롤링을 했으나 감감무소식이다. 혹시나 한 마리 더 낚을까 하고 바다 위를 배회하던 배들의 숫자도 현저히 줄었다. "오늘은 이제 틀렸다. 집으로 가자." 동철아저씨가 작업 종료를 선언했다. 모두의 얼굴에 기쁨이 감돌고, 피곤이 가신 듯 팔뚝에 힘이 솟는다. 아저씨가 채비를 거두어 챙겼다. 이제는 어판장이 있는 거문리로 가야한다. 앞으로도 30분은 노를 저어야한다. 오늘 잡은 열다섯 마리의 삼치를 수협 어판장에 위탁해야한다. 해는 어느덧 섬 꼭대기 한 뼘 정도의 높이에 떠 있다. 넓은 바다에 흩어져 작업하던 수십 척의 오마리들이 어판장으로 향하는 섬과 섬 사이의 수로에 모여들었다. 마치 먹이를 물고 자기 집 구멍으로 향하는 개미떼들의 행군 같다. 통통배들은 물살을 가르며 신나게 앞서서 달려간다. 노를 젓고 있는 오마리 어부들의 지친 어깨 위로 저녁노을이 짙어지기 시작했다. 어판장에 도착했을 때, 해는 막 서산에 걸려 있었고 일본으로 삼치를 싣고 갈 무역선들이 깃발을 펄럭이며 포구에 닻을 내리고 있었다. 오늘 잡은 삼치의 총량은 30킬로그램이었다. 한 사람당 쌀 서 되씩은 될 것이다. 전표를 받아들고 배로 돌아온 아저씨의 표정이 어둡지만은 않다. 다시 20분간은 노를 저어야 죽촌마을로 갈 수가 있다. 거문리와 죽촌마을 사이에 있는 바다 중간쯤 왔을 때 소년은 멀리 마을 갯가에 호롱불이 하나씩 나타나는 것을 볼 수 있었다.

통통배 한 척

아버지는 평생 바다에서 고기만 잡았다

나도 3년은 고기를 잡았으니

부전자전

사람들이 나를 어부라 불러주면 좋겠다

아버지는 평생 통통배 선주가 되어본 적이 없었다

남의 배 선원으로 자기 몫만큼만

벌어서 먹고 살았다

나는 지금 통통배 한 척 살 수 있는

돈은 있는데

슬프게도 선주도 어부도 될 수 없다

왜냐면 나에겐

물고기가 헤엄치는 그 그리운 바다가 없기 때문이다

꽃상여

어린 시절, 나는 사람이 죽어 땅에 묻힐 때면 언제나 꽃상여를 타고 가는 것으로 알았다. 어른이 되고 대도시에서 생활을 시작한 후로는 사람이 죽어 꽃상여 타고 가는 모습을 본 적이 없다. 물론 친구들이나 가까운 친척이 시골에서 상을 당했을 때 고인을 상여로 운구하는 모습을 몇 번 본 적은 있지만 말이다.

나에게는 시골 장례식에서 꽃상여 나가는 모습이 참 아름답게 느껴진다. 고인을 태운 상여가 떠나기 아쉬워하는 망자亡者의 마음을 나타내듯 마을 앞을 서성이다 들길과 산길을 돌아 멀어져 가는 모습을 볼 때면 왠지 마음 한구석 아련한 슬픔을 느끼면서도 한편으로는 가슴 뛰는 감동을 느낀다. 그것은 죽음 자체를 찬미해서도 아니고 상여의 주인공을 가벼이 여겨서도 아니다. 형형색색의 종이꽃으로 장식된 상여가 여러 사람들의 어깨 위에 얹혀서 선소리꾼의 상여소리에 맞춰 두둥실 흘러가는 모습을 보고 있노라면 그것이 완벽한 예술행위와 같은 느낌이 들기 때문이리라. 종이꽃은 미술이요, 상여소리는 시가詩歌요, 상여소리에 맞춰 앞뒤 좌우로 흔들리는 상여꾼들의 몸동작과 다리의 율동은 훌륭한 춤사위이다. 게다가 바람이라도 제법 세차게 부는 날이면 상여를 따라 가는 조기弔旗와 만장輓章들이 공중에서 나부끼는 모습이 이별을 아쉬워하며 흔드는 망자의 이별의 손짓처럼 보인다.

나는 20대 초반에 시골에서 몇 번, 상여를 직접 메어본 경험이 있다. 근래에는 없어졌겠지만 60~70년대만 하더라도 4H와 청년회라는 조직이 마을마다 있었다. 그래서 마을에 장례식이 있는 날이면 으레 젊은이들이 자진하여 상여를 졌고, 그것이 당시 시골의 전통이고 미덕이었다. 그때 마을의 젊은이들 사이에 끼어 상여꾼 노릇을 했던 것이다. 고향 마을에서는 상여가 마을 한복판을 통과하지 않는 것이 관례로 되어 있었다. 따라서 마을 앞 해변 길을 따라 동네 옆 산 능선을 타고 장지까지 가게 되는데, 그에 소요되는 시간은 한 시간에서 두 시간 사이였다. 장지가 먼 경우에는 꽤나 힘든 여정이었다. 운구 도중에 상여꾼들이 지칠 때가 되면 잠시 휴식을 취하곤 하는데 그때마다 상주 측에서 술과 안주를 대접하게 되고, 술 좋아하는 몇몇 사람은 오전부터 취기가 올라 장례식 분위기를 고조시키기도 한다. 실없는 말과 분위기에 어울리지 않는 행동으로 빈축을 사기도 하지만, 그 날만큼은 고인과 상주를 생각하여 관대하게 넘어가는 것이 통례였다. 내가 상여를 메었던 그 시절을 돌이켜보아도 슬프거나 침통한 분위기는 별로 기억에 없다. 물론 큰 슬픔도 세월 지나면 엷어지는 것이 상례가 아니던가? 여러 색깔의 상여꽃과 애조 띤 상여소리, 흥겨운 달구소리만이 즐거운 기억으로 남아 있다. 상여를 메고 가면서도 죽은 자가 내 어깨 위에 누워 있다는 사실을 거의 느끼지 못했다. 단지 조화 상자 하나가 내 어깨 위에 얹혀 있다고 생각했다. 물론 여러 사람이 함께 하는 상여소리의 후렴과 몇 잔의 소주와 수번이 두드리는 북소리에 취해서였을 것이다. 그리고 사람은 태어나는 순간부터 죽음을 머리에 이고 살아가는 것이 숙명일진대, 한 사람의 주검을 여러 사람과 함께 어깨에 메고 흥에 겨워 노래하고 춤추며 가는 길이 어찌 즐겁지 않겠는가. 그런데 나는 왜 지금 꽃상여에 관한 기억을 되살리고, 그에 대한 나의 애정을 말하고 있는 걸까? 그 이유는 앞으로 찾아올 죽음에 대한 두려움이나 감상적인 호기심 때문이 아니다. 오로지 꽃상여 자체에 대한 나의 심미적인 감수성 때문이라고 말하고 싶다.

나이가 제법 들어서인지 요사이 문상 가는 일이 잦아지고, 내 연배의 지인들이 하나둘씩 세상 뜨는 것을 보게 된다. 그때 고인들은 하나같이 하얀색이나 검은색의 차량에 실려 장지로 옮겨진다. 친한 친구가 죽었을 때도, 친척이 세상을 하직했을 때도 모두 영구차에 실려 장지로 옮겨졌다. 그런데 나는 그것이 영 마음에 들지 않는다. 자동차 안에 앉아 있는 사람들은 모두가 말이 없다. 눈을 감고 있거나 허망한 자세로 창밖만 바라보고 있을 뿐이다. 먼저 간 고인을 추억하고 있는 것일까? 아니면 곧 자신에게도 찾아올 죽음의 세계를 상상하며 우울해하고 있는 것일까? 자동차 엔진소리만이 허공을 채우고 있다. 시끄러운 엔진소리가 어찌 망자의 넋을 위로해줄 수 있으리오. 영구차가 장지에 도착하고, 고인을 모신 관이 친지나 지인들에 의하여 가까운 묘지나 화장로 입구로 옮겨진다. 그때도 여전히 아무 말들이 없다. 관이 옮겨질 때 상주들은 눈물을 흘리고 소리 내어 울지언정, 가까운 동료 지인들은 소주라도 한 잔 걸치고 눈물을 흘리든 콧물을 훌쩍이든 간에 "자네 먼저 가게. 나 뒤따라감세"하면서 흥겨운 어깨춤이라도 추어준다면 얼마나 좋을까! 그래서 나 이 한세상 떠날 때 정말 정말 꽃상여 타고 가고 싶다. 시끄러운 엔진소리 들으며 자동차에 실려 가고 싶지 않다. 육신이 땅에 묻혀 흙이 되든, 화장장에서 한 줌의

재로 변하든, 마지막 가는 길에는 꼭 꽃상여 타고 가고 싶다. 그런데 상여는 반드시 조화造花로 장식되어야한다. 지금은 화훼농가들이 1년 내내 꽃을 재배하고 있어서 권력자나 재벌 회장 등 성공한 사람들이 죽었을 때는 계절에 상관없이 영구차 전체가 생화生花로 장식되는 것을 본다. 하지만 나 같은 별 볼일 없는 인생이 그런 호사를 부릴 수 있으리오. 그리고 절대로 원하지도 않는다. 조화로 장식된 상여를 바라는 것은 종이꽃이 값이 싸서도 아니요, 나의 일생이 거짓이나 허위로 점철된 쓸쓸한 인생이어서도 아니다. 나에게는 조화로 장식된 상여가 생화로 장식된 상여보다 훨씬 풍요로워 보이기 때문이다. 빨강, 파랑, 노랑, 하양, 주황, 보라 등 화려한 색깔의 조화로 장식된 상여가 하늘을 둥실둥실 떠 간다고 생각해보라. 얼마나 아름다울까!

꽃상여 타고 가는 나의 마지막 모습을 상상해본다. 나의 죽은 몸이 꽃상여를 타고 들길을 돌아 산길로 접어든다. 육신은 관 속에 둔 채 영혼만 살짝 빠져나와 상여를 메고 가는 사람들의 얼굴 하나하나를 들여다보고 등을 두드려준다. 술에 취해 다리가 흔들리는 친구의 어깨를 살짝 눌러주고, 내가 그리워 울고 있는 아내 자식 손주들의 눈물을 닦아줄 것이다. 상여에 매달린 종이꽃 송이 송이를 하나씩 만져보고,

만장을 흔들고 지나가는 바람에게 다정히 인사한다. 그리고 상여 위로 올라가 상여소리에 맞추어 이리저리 흔들며 어깨춤도 추어본다. 그래도 상여꾼들은 전혀 무게를 못 느끼고, 상여가 흔들리는 것도 감지하지 못할 것이다. 왜냐면 내 영혼은 공기보다 가볍고 종다리보다 즐거우니까. 그리고 길가에 핀 들꽃들에게 손을 흔들어 작별을 고하고 나무 꼭대기에 앉아 지저귀는 새들에게 휘파람으로 답례를 보낼 것이다. 그러다 다시 관 속으로 들어가서 흔들리는 꽃상여 율동을 음미한다. 마치 갓난아이가 엄마 아빠가 흔드는 팔 그네에 기분이 좋아 방긋 웃어주듯이 나도 싱긋 웃어본다. 마지막으로 내 육신은 땅에 묻히고, 상여를 장식했던 모든 종이꽃들은 불태워져 재로 변할 것이다. 그때 내 영혼도 아득한 하늘나라로 아주 멀리멀리 날아갈 것이다. 이 세상 뒤돌아보지 않고 바람 따라 웃으며 갈 것이다.

국토의 효율성, 자손들의 벌초의 번거로움, 그리고 죽은 후 이 세상에 아무런 흔적도 남기고 싶지 않다는 해탈자解脫者들의 증가 때문인지 요사이는 화장이 권장되고, 또 유행하고 있다. 대도시에 살고 있으니 나 또한 하늘나라 가는 길에 꽃상여 타고 갈 가능성은 거의 없다. 그것을 나는 너무나 잘 알고 있다. 건강하게 살다가 시기를 잘 선택해서 고통 없이 죽을 수 있는 것도 꿈이요, 꽃상여 타고 마지막 길 떠날 수 있는 것도 꿈일 것이다. 그렇지만 한평생 꿈이나 꾸면서 살아온 것이 내 인생일진대, 어찌 꽃상여 타고 가는 꿈조차 못 꾸랴.

다음은 내 머릿속을 맴도는 도연명陶淵明의 시 〈자제문自祭文〉의 마지막 구절이다.

人生實難 死如之何
한평생 참 살기 힘들었는데 죽은 후는 어떨는지

청성곡清聲曲

천년의 한을 삭이며
청령포를 휘돌아 흐르는
슬픈 강물 소리

심산유곡 한 쌍의 송골매마저
둥지 틀기가 두려운 절벽 끝에서
한 세월 살았을 바람의 소리

깊고 먼 바다 작은 무인도 바위틈에서
수 억의 태풍을 견디며 살아온
늙은 풍란의 울먹임

어린 시절

억새꽃 노래하는 강가에서

언젠가 들었을

귀 익은 달빛소리

어매가 날 부르는 소리

어매가 날 부르는 소리

소대장 오 소위

모든 비극적인 전쟁들도 시간이 지나면서 잊히듯이 나의 기억들 역시 희미해지고, 요사이는 월남전에 관한 생각은 전혀 하지 않고 지냈는데 김 선생이 나의 기억을 자극하는군. 지금 생각하면 내가 월남전에 지원하게 된 것도 순전히 젊은 날의 오만과 치기였다고나 할까? 아니면 자포자기나 무모함이었겠지. 자유로움은 젊은이들의 특성이니까. 집을 떠나 무일푼으로 낯선 서울 땅에서 공부를 한다는 것이 나에겐 참으로 힘든 일이었어. 다른 친구들은 사범대학에 다닌 덕분에 가정교사라는 일자리를 마련하여 꿋꿋하게 공부를 하더군. 심지어 가정교사로 돈을 벌어 가족에게 보탬을 주는 친구들도 있었거든. 정말로 현실적이고 현명하며 용감한 사람들이었어. 인생은 싸움터라는 사실을 대학 시절에 이미 깨달은 친구들. 그들을 나는 존경하고 본받아야만 했었지. 그런데 나는 언제나 현실의 주변만을 서성거리며 행동하기를 주저하는 소심하고 나약한 인간이었어. 그 당시 니체, 키르케고르, 쇼펜하우어, 카뮈 등을 읽으면서 인생을 제법 아는 것처럼 착각하고 있었으니까 말일세. 지금 돌이켜보면 참으로 어리석었다는 생각에 한숨이 나지. 한번은 어떤 집에서 먹고 자고 하는 입주 가정교사를 했었어. 졸업 후 취직까지 보장한다는 좋은 조건이었지. 그런데 일요일에도 1주일간의 학습 성과를 측정하는 시험을 보아달라는 요구를 해오더군. 입주 1주일 만에 보따리를 싸서 나와버렸지. 그때 나는 그 요구가 일요일의 휴식이라는, 나에게 주어진 최소한의 자유마저 빼앗아가는 주인의 횡포라고 생각했거든. 지금처럼 참을 인忍이라는 글자가 주는 의미를 조금만이라도 깨달았었더라면 좋았을 것을. 그러니 대학을 계속다닐 수가 없었어. 휴학을 하고 낙향을 했었지. 기실 마음속으로는 학교를 때려치울 생각을 하고 있었던 것 같아. 꼭 대학을 나와야만 사람답게 인생을 사는 것은 아닐 거라고 생각했겠지. 고향에서 농사도 짓고 어부노릇도 하다가 군에 입대를 했어. 군 복무 생활을 26개월 정도 했을 무렵 월남전이 한창이었고, 그때 월남 파병 교체병력으로 지원을 해서 맹호사단에 배치되었어. 사단사령부나 연대본부 등에서 대학 학벌을 가진 사람은 손들고 나오라고 했으나, 소총 소대까지 내려가서 직접 총을 들고 전투에 참여하고 싶어서 꾹 참았지. 여느 전쟁영화에서처럼 참혹하거나 감동적인(?) 경험을 할 수만 있다면 그럴듯한 전쟁소설이라도 한 권 쓸 수 있을 것 같은 생각을 했던 것 같네. 불행인지 다행인지 대대본부에서 작전사병으로 차출되고 말았어. 나의 의사와 는 상관없이 말일세.

월남전에서 만 1년간 온갖 전투를 경험한 고참 병사들과 함께 근무하기 시작했고, 약 3개월이 지나자 고참 병사들은 다 귀국을 하고 제1차 교체병력인 나는 몇몇 사병들과 함께 최고참 병사가 되어 대대작전을 총괄하는 작전병이 되어 있 었어.

파병된 지 약 8개월쯤 되었을 때였던 것 같아. 백마사단 과 맹호사단이 동시에 출동하는 주월군 합동작전이 실시되 었네. 백마사단과 맹호사단 사이에 주월한국군이 완전히 장 악하지 못하고 있는 경계지역을 평정하기 위한 작전이었어. 약 한 달 간으로 계획된 작전이었고, 그 기간 동안에는 베이 스캠프로 돌아올 수가 없었네. 산 고지나 시야가 확 트인 평 지에서 미군 헬리콥터가 실어다 주는 씨레이션과 포탄통 속 에 넣어 떨어뜨려주는 물을 먹고 살았지. 가끔 비가 내리면 입고 있던 옷을 벗어 빗물에 대고 문질러서 옷에 밴 소금기를 없애고 몸의 땟국물을 씻어내곤 했었네. 미군 헬기가 풀이 무성한 고지에 병력을 랜딩시킬 때 헬기의 날개바람에 풀이 옆으로 쓰러지면 그 사이사이로 모습을 드러내는 죽창들이 가슴을 섬뜩하게 만들기도 했지. 대나무를 손가락 넓이로 쪼갠 후 한쪽 끝을 뾰족하게 깎은 다음 30도 정도 각도로 풀 속에 비스듬히 꽂아두지. 무심히 걷다가는 정강이를 찔리기 십상이야. 그런데 그 작전에 참여했다가 상당한 충격을 받은 일이 있었네.

　작전이 시작되기 약 열흘 전쯤 본국에서 소대장 한 사람이 새로 전입되어 왔었네. 그는 지하벙커인 대대상황실에서 며칠간 지내면서 월남의 지형과 전투상황 등을 대충 익힌 다음에 소대장으로 배치되었네. 그의 이름은 기억이 나지 않지만 성씨는 오 씨였어. 대대벙커에서 사흘을 같이 지내는 동안 나는 오 소위와 약간의 친교를 맺었지. 육군사관학교를 나와 꿈에 부풀어 있던 초급장교였어. 아마 ○중대 2소대장으로 명을 받았던 것 같네. 대개 각 중대는 산의 고지를 베이스캠프로 삼고 주변의 나무들과 긴 풀들을 제거하고 (이때 가끔 고엽제를 뿌리기도 하지) 철조망을 친 후 부비트랩과 조명탄을 부대 주변에 설치하여 적의 야간 기습에 대비하고 있었지. 중대장이 대대본부의 작전회의에 직접 참가해야 될 경우 완전무장한 1개 분대 병력이 함께 행동하여 내려오곤 했었어. 그래서 어떤 경우에는 작전상 매일 전화로 통화를 해야 하는 중대교육계 병사도 이름과 목소리는 익숙하지만 얼굴을 대면하지 못하는 경우도 있었지.

드디어 작전이 시작되었어. 온 하늘은 아군을 작전지역으로 실어 나르는 미군 헬리콥터로 가득 차고, 미군 전투기가 떨어뜨린 화염탄에 산이 불타면서 이곳저곳에서 연기가 피어오르고 있었네. 대대 지휘부는 시야가 확 트인 고지를 섬령하고 4개 중대장과 P-25 무전기의 주파수를 맞춰놓고 작전상황을 점검하고 있었지. 통신과 조 중위가 통신병들을 지휘하고, 작전장교인 신 대위는 각 중대장과 작전상황을 주고받고, 나는 각 중대의 수색 상황을 파악한 후 지도상에다 각 부대의 이동경로와 현 위치를 표시하고 있었어. 오전 상황이 거의 끝나가고 있었네. 대대지휘부도 점심식사를 하기로 했었지. 점심이라고 해봐야 각기 배당받은 나흘 분 식량인 씨레이션 열두 개 중 한 통을 배낭에서 꺼내어, 수통의 물을 반찬으로 과자부스러기와 깡통 속 고기 등을 먹어치우는 것이지. 나는 정보과 이 병장, 민사과 김 하사 등과 함께 앉아 식사를 했었네. 식사가 거의 끝나갈 무렵이었어. 고지 바로 아래 계곡에서 갑자기 수류탄 터지는 소리와 함께 콩 볶는 듯한 소총소리가 들려왔어. 귀밑에서 '피웅' 하는 소리가 나서, 급히 엎드려서 벗어두었던 철모를 다시 머리에 썼지. 총알을 직접 맞은 사람은 '피웅' 하는 소리를 듣지 못한다고 하더군. 당황한 대대장은 통신장교인 조 중위에게 그 지역 중대장을 빨리 호출하라고 했고, 중대장 역시 총소리 나는 곳이 제2소대의 작전지역이라는 것은 알지만 정글 속이라 정확한 상황을 파악하지 못하고 있었네. 즉시 2소대 무전병 주파수 속으로 직접 들어갔어. 그러나 "소대장님! 소대장님!" 하는 다급한 목소리만 들려올 뿐 상황 파악을 정확히 할 수가 없었네. 얼마 후 부대원을 이끌고 현장에 도착한 중대장으로부터 상황 보고가 있었어. 소대장과 사병 한 명 사망, 그리고 부상 두 명이었어. 점심식사 후 잠시 휴식을 취하던 중 베트콩의 기습공격을 받았던 것이지. 그 소대장이 바로 1주일 전에 자대배치를 받았던 오 소위였지. 뭔가가 떠나간 후 그 빈자리에 남아 있는 쓸쓸함과 적막감 같은 것을 느껴본 적이 있나? 분노도 일지 않고 결코 슬프지도 않았네. 그러나 가슴이 텅 비어버린 허전함 때문에 작전지도가 눈에 들어오지 않았어. 월남전에 참전하여 공을 세운 후 무공훈장을 받아 특별진급도 하고, 그래서 남보다 먼저 번쩍거리는 하늘의 별을 어깨에 달고 성공한 군인으로 남고 싶었을 초급장교 오 소위. 그는 떠나갔고, 그 전쟁도 지금은 잊혀져가고 있지.

나는 문득 빨리 귀국하고 싶은 생각이 들더군. 가정교사라도 해가면서 휴학 중인 학교도 마저 마치고, 돈도 벌고, 사랑도 하고, 남이 하는 것은 모두 다 하고 싶어지더군. 살아있다는 것, 아무리 내 존재가 보잘 것이 없어도 살아있다는 것, 그 하나만으로도 커다란 축복이 될 수 있다는 생각에 나 스스로 감탄했지. 내가 철이 들었나 싶더군. 아직도 나는 총을 쏠 수 있고, 베이스캠프로 돌아가면 한 잔의 맥주를 마실 수 있을 것이고, 잠을 쫓기 위해 두 봉지의 인스턴트커피를 한꺼번에 타서 마신 후 산 너머 브라보포대에서 밤새 쏘아대는 포성소리의 수를 세며 상상의 나래를 펴고, 지난날 5킬로그램짜리 삼치를 낚아 올릴 때의 그 짜릿한 손맛을 잊을 수 없어 손가락을 꿈적거려도 보고. 고등학교 시절 부산 영도섬 전차 종점에서 매일 아침 만나던 한 여고생의 하얀 얼굴과 맑게 빛나던 눈동자에 가슴 설레면서도 수줍음 때문에 말 한마디 붙이지 못하고 가슴앓이 하던 소년을 떠올려 보고……. 이 모든 것들을 기억해낼 수 있다는 것은 내가 살아 숨 쉬고 있기에 가능한 일들이었어.

약 한 달간의 작전이 끝나고 베이스캠프로 돌아온 즉시 나는 대대장을 찾아가 조기 귀국신청을 했네. 원칙적으로 12개월을 근무해야만 귀국할 수 있었지만, 작전업무상 늘 가까이서 보필했었고 나를 신임해주었던 대대장 강 중령은 나의 간청에 못 이겨 조기귀국 상신을 해주었어. 그래서 11개월 만에 귀국을 했고, 전역 즉시 복학을 하고 학교를 졸업했네. 나는 직접 적을 향해 총을 쏘아보지 못한 참전 군인이지. 만약 내 손으로 적을 열 명쯤 죽였더라면 아마 나는 남으로부터 머리가 좀 이상하다는 소리를 듣거나, 아니면 출판도 못한 시시한 전쟁소설을 한 권쯤 쓴 후 소설가나 된 듯 술자리에서 입에 게거품을 물고 전쟁의 비극을 설파하고 다녔겠지. 그 어느 쪽도 아닌 것이 몹시도 다행스런 일이 아닌가싶네.

문득 프로스트Frost라는 미국의 시인이 쓴 〈가지 않은 길The Road Not Taken〉이라는 시가 생각나는군.

인생은 어차피 후회하며 사는 것이라는데, 깨달음은 왜 항상 그렇게 늦게 찾아오는 것인지!

잠실철교 위에서

아침 7시30분
잠실철교 위를 지나는 지하철 2호선
언제나 긴 여행에 지친 회색빛 얼굴들
객차 안을 떠도는 일상의 무관심과
어색한 친밀감이 마주 댄 어깨 끝에서
백년의 만남처럼 서로를 외면한다

언제나 보이는 저 낯선 사람들
키 크고 멋진 신사는 천랑성에서 온 사냥꾼이고
화려한 의상의 저 여인은 직녀성에서 온 새색시이고
검은 복장의 우울한 여인은 파군성에서 온
저승사자일 것이다. 그리고 또 나는
어느 행성에서 온 여행객일까

모두가 의자에 앉아 눈을 감고 있다
다가올 정거장을 꿈꾸고 있는 걸까
시작은 항상 고달픈 추억으로 끝이 나고
종말은 알 수 없는 타임테이블 위에서 서성이고 있다

눈을 뜨면 물새들이 강 위를 낮게 날고 있다

궤도를 이탈한 자유의 춤이 한가롭다

자유의 날개·밑에 권태와 고독이 별처럼 쏟아진다

순간의 자유는 행복이다. 그러나

영원한 자유는 고통이다

잠실철교 위 은하철도는

하고 한 세월을 달려와

정거장에 손님들을 내려놓고 또 태우고

떠나가는데

그 시간의 레일 위에는 언제쯤

시작과 끝을 알리는 종이 울리고

어디쯤에 희망의 음악이 넘치는 정거장이

깃발을 들고 서 있을까?

낭만에 대하여

전화벨이 울린다. 수화기를 든다. 고향 선배 한 분의 다급한 목소리가 들려온다. 지금 즉시 TV의 ○○ 채널을 시청하란다. TV를 켜니 가수 최백호 씨의 〈낭만에 대하여〉라는 노래가 흘러나온다. 그분의 말씀에 의하면 언젠가 친목 모임이 있은 후 노래방에 함께 간 적이 있는데, 그때 내가 취중에 부른 〈낭만에 대하여〉라는 노래가 여느 가수가 부르는 것보다 맛이 더 있었다고 했다. 그 후부터 TV 시청 중 그 노래가 나오면 우리 집에 전화를 한다. 그리고 함께 노래방에 갈 기회가 있으면 나에게 그 노래를 청해서 듣곤 한다. 그런데 그 노래의 가사 내용을 보면 흘러간 세월의 흔적들이 곳곳에 진하게 배어 있다. 옛날식 다방, 도라지 위스키, 짙은 색소폰 소리, 빨간 립스틱의 마담, 선창가 뱃고동 소리, 할머니가 되었을 첫사랑의 소녀 등등……. 모두가 젊은 시절에 있었던 일들을 아름답게 추억하고 있는 내용들이다. 그런데 그 선배분이 〈낭만에 대하여〉라는 노래가 TV에서 흘러나올 때 우리 집에 전화를 하고 또 노래방에서 그 노래를 나에게 청하는 것이 과연 내 노래 솜씨 때문일까? 아마 그렇지 않을 것이다. 진짜 이유는 십중팔구 늙어가면서 문득문득 생각나는, 젊은 날에 있었던 그리운 사연들 때문일 것이다. 우리가 나이를 먹어가다 보면, 젊었을 때 겪었던 즐거웠거나 때로는 슬프고 유치했던 일들마저 엷은 미소로 되돌아볼 수 있는 마음의 여유가 생기는 것이 어쩌면 당연한 심적 변화 과정인 듯하다. 30대는 20대를, 40대는 20~30대를, 50대는 30~40대를 그리워하고, 노년에 접어들면 소년 시절을 자주 회상한다. 어쩌면 우리는 지난 젊은 시절의 사연들을 낭만이라는 틀 속에 집어넣고, 감상하고, 또 추억하고 싶어 하는 것이 아닌가 싶다.

그런데 '낭만'이라는 말의 뜻을 한번 알아보자. 우리말사전에는 낭만이라는 단어를 다음과 같이 설명하고 있다. '실현성이 적고 정서적이며 주정적主情的이고 이상적理想的으로 사물을 파악하는 일, 또는 그러한 세계'라고 설명하고 있다. 그리고 낭만이라는 말은 영어 단어인 romance(낭만)를 먼저 이해해야 된다. 영어사전의 로맨스란 우선 사랑love과 모험adventure, 그리고 기이하고 비현실적인 사건들에 관한 '이야기'나 '소설' 등이고, 다음은 우리가 흔히 알고 있는 일반적인 우리네 사랑이야기love affairs이다. 문학사적으로 설명하려면 낭만주의romanticism라든가 낭만적 공상소설romantic fiction 등 많은 지면이 필요하기에 여기서는 사전적인 의미에 국한시키기로 하자. 여하튼 우리말사전과 영어사전 등 사전적 설명만으로 요약하더라도 낭만이라는 말 속에는 현실성이 거의 없고, 사랑과 모험으로 가득 찬 꿈의 세계를 그리는 말임에는 틀림없다. 가수 최백호 씨가 부른 〈낭만에 대하여〉라는 노래도 결국은 나이든 장년들old guys이 이미 지나간, 그래서 되돌리기에는 현실적으로 불가능한 일들을 꿈꾸듯 그리워하며 부르는 노래가 아닌가 싶다. 지금 어디 가서 '다방'이라는 간판이 붙은 찻집을 쉽게 찾을 수 있을까? 다방이라는 이름은 거의 커피숍이나 카페로 대치된 지 오래이다. 혹시 어느 한적한 소도시나 읍·면사무소 소재지의 포구에서 다방이라는 이름을 발견한다 하더라도 도라지 위스키, 달걀 노른자를 동동 띄운 모닝커피, 긴 치마를 입은 빨간 립스틱의 마담을 만날 수 있을 것 같지는 않다. 항구의 연락선 선창가에서도 '뚜 — 우 — ' 하며 흰 연기와 함께하던 뱃고동 소리가 이미 사라진 지 오래이고, 막걸리 잔을 앞에 두고 주모와 마주 앉아 목이 메도록 유행가를 부르며 젓가락으로 술상머리를 두드려도 시비 거는 사람이 없던 선술집들은 지금은 찾을 길 없다. 이러한 선술집이 있다면 당장 이웃 주민의 신고로 파출소 순경이 다녀가게 될 것이다.

내가 지금 지면을 채우고 있는 시시껄렁한 이야기들이 요사이 젊은이들에게 전혀 공감을 주지 못한다는 것은 잘 알고 있다. 그것은 세대별로 낭만이라는 단어가 주는 느낌이나 해석이 다르기 때문이리라. 그래서 세대별로 좋아하는 노래가 각기 다른 것이 아닌가. 나는 개인적으로 최백호 씨의 〈낭만에 대하여〉라는 노래의 가사가 참 마음에 든다. 나와 같은 old boys(늙은이라는 표현보다는 나이든 소년이라는 표현이 산뜻하게 느껴지기에 영어 단어를 사용하였음을 이해해주기 바란다)는 추억을 먹고 산다는 말이 있다. 이러한 감성에 꼭 맞는 노래가 〈낭만에 대하여〉라는 노래인 것 같다. 내가 최백호 씨의 이 노래를 선전하려고 함은 절대 아니다. 전혀 일면식도 없고 살아온 인생살이도 다르니 오해 없으시길 바란다. 단지 '낭만'이라는 어휘에 대해 가지고 있는 나의 느낌이나 생각을 말해보고 싶었을 뿐이다. 그래서 낭만이란 '이미 사라져간, 그리고 아름답게 기억되는 그리운 것들에 대한 추억이나 되새김질이다'라고 나는 정의를 내리고 싶다.

끝으로 〈낭만에 대하여〉라는 노래가 오래오래 사랑받고 많이 불리워지길 바랄 뿐이다.

푸 념

아침에 유명 인사들을 초빙하여 사회자들과 대담을 나누는 TV 프로그램이 있어 가끔 시청하곤 한다. 몇 년 전의 일이다. 어느 탤런트 부부가 출연하여 사회자들과 대담을 하고 있었다. 남자 분은 60대 중반이 되어 활동이 뜸한 반면에 여자 분은 TV에서 꽤 활동이 왕성한 편이었다. 또한 부부애가 상당히 남다른 것으로 소문이 나 있는 분들이었다. 그런데 대담 도중에 아내 되시는 분이 "저이는 내가 늘상 옆에 있으며 정성껏 보살피고 돌보아주는데도 가끔 외롭다고 하는데, 알 수가 없네요"라고 푸념 섞인 말을 했다. 그러자 남편 되시는 분이 고개를 위로 하고 허공을 향해 "헛― 헛― 허―" 하고 웃고 말았다. 나는 그때 문득 남편 되시는 분의 눈에 아련히 스쳐 지나가는 외로움 같은 것을 살짝 엿보았었다. 내가 잘못 보고 착각했던 것인가? 아니면 내가 너무 예민해서

였을까? 아닌 것 같다. 그 당시 나도 문득문득 그와 같은 느낌에 휩싸일 때가 있었기 때문이다. 나이 들어가며 가슴 속 허전함을 절실히 느끼기 시작할 무렵이었던 것이다.

젊은 시절에도 고독은 있었다. 그러나 지금의 외로움은 젊은 시절의 고독과는 다른 것 같다. 돌이켜보면 젊은 날의 고독은 어쩌면 멋진 모자, 선글라스, 넥타이 등과 같이 우리의 몸을 장식하는 액세서리가 될 수도 있고, 우리의 정신을 살지게 하는 영양소였을지도 모르겠다. 비 오는 날이면 우산을 받쳐 들고 길거리를 무작정 헤메고, 《이방인》이라는 소설의 주인공 뫼르소의 군중 속의 고독을 직접 느껴보고자 혼잡한 거리의 모퉁이에 서서 지나가는 사람들의 얼굴과 어깨를 몇 시간씩 바라보기도 하고, 창문을 두드리는 빗소리에 끌려 창문에 콧등을 비벼대며 담배연기를 폐 깊숙이 들이마시기도 하고, 초겨울 새벽녘 북풍에 쓸려가는 아스팔트 위의 가로수 낙엽들을 바라보며 쓸쓸함과 존재의 덧없음을 느끼기도 하고, 실연의 상처를 노래로 승화시킨 어느 여가수의 절규하듯 흐느끼는 목소리에 눈물을 흘리기도 한다. 이러한 젊은 시절의 외로움 겪기를 경험해보지 못한 젊은이들은 아마 틀림없이 마음이 빈약한 사람으로 성장할 것이다. 그래서 고독은 젊은이들에게 꼭 필요한 성장통成長痛이라는 생각이 든다.

그렇다면 늙은이들에게 외로움은 어떤 것일까? 어느 날 문득 야망도 희망도 너무 작아져 있고 곁에 있던 소중한 사람들마저 멀어져 가는 듯한 느낌이 든다. 저문 봄날 지는 꽃잎에도 가슴이 아프고, 늙고 병들어 무리에서 쫓겨난 늙은 수사자가 홀로 초원을 터벅터벅 걸어가고 있는 모습을 TV에서 보면 눈물이 날 것 같고, 다정했고 자신감에 차 있었으나 지금은 병들고 초췌한 모습으로 변한 옛 친구를 만났을 때 밀려오는 쓸쓸함에 불면의 밤은 깊어만 간다. 이처럼 늙은이의 외로움은 자기도 모르게 서서히, 그리고 어느 날 문득 찾아와 있는 것이다. 외로움은 늙은이들도 필히 겪어야 할 통증이라는 생각이 든다. 죽음에 이르는 병은 아니지만 치료가 쉬운 병도 아니다. 절벽에서 똑똑 떨어지는 찬 물방울이 처음에는 손바닥에서 시원하게 느껴지지만, 오래 지나면 시리다 못해 끝내 통증으로 바뀐다. 그러면 늙은이들은 외로움을 무슨 통痛이라고 불러야 할까? 노화통老化痛? 고희통古稀痛? 적당한 말이 떠오르지 않는다.

젊은이들의 성장통은 곧 사라지고, 치유하기도 쉽다. 하지만 늙은이의 통증은 세월 따라 점점 깊어만 갈 것이다. 그렇다고 그 통증을 치료하지 않고 내버려둘 수는 없다. 치료는 자기 자신에게 달려 있다. 늙어서도 혼자 생각을 할 수 있고, 다른 이들과 어울릴 수 있고, 혼자서도 노래를 부를 수 있다. 혼자 살아가는 방법을 터득해야한다. 여든이 넘어서도 글을 쓰고 강연을 하며, 또 농사를 짓고 고기를 잡고, 혹은 택시운전을 하는 건강하고 활동적인 훌륭한 분들도 있다. 그러한 분들처럼은 될 수 없을지라도, 닮아보려고 노력은 할 수 있으리라. 봉사활동을 하는 사람, 여러 문화 활동에 참여하여 지식을 넓히고 정신을 살찌우는 사람, 적은 돈벌이라도 경제활동에 참여하는 사람 등 여러 사람을 알고 있다. 나는 사물을 보고 그것을 그림으로 표현하는 능력은 일곱 살 짜리 우리 손주만도 못하다. 그래서 나는 요사이 붓글씨에 도전하고 있다. 글씨가 워낙 악필이고 그림에 대한 재능이 전혀 없으니 내가 쓴 글씨를 족자로 만들어 벽에 걸어볼 날이 있을 것 같지는 않다. 그렇지만 대교약졸大巧若拙 (큰 솜씨는 서투름과 같다)이라는 말이 있으니 희망마저 버릴 수는 없다. 물론 위 글귀를 본래의 뜻과는 달리 내 구미에 맞게 해석했음을 말해둔다. 희망은 젊음의 상징이 아닌가. 희망이 살아있음은 젊음이 남아 있다는 증거다.

늙어가면서 외로움이라는 고통을 피할 수는 없다. 하지만 젊은이들에게 고독이 성장통이 될 수 있듯이, 늙은이들에게도 성장통이 되지 말란 법은 없다. 푸념이나 하며 소심해지기보다는 외로움이 비타민이나 오메가3와 같은 영양소가 되고 나비넥타이나 빨강 파랑 색깔의 스카프 같은 멋진 장식품이 되도록 스스로 노력해야 할 것이다.

　이번 토요일에도 테니스장에 나가 젊은이들과 어울려 땀을 흘린 후 한 잔의 맥주를 마실 생각에 마음은 벌써 풍성하다. 오, 고독이여, 젊음의 상징이여! Oh, Solitude, the Symbol of Youth!

알레르기 증상

요사이 온 몸이 근지럽다
무얼 보아도 알레르기
무얼 들어도 알레르기
술에 취해도 알레르기
정신이 멀쩡해도 알레르기

일벌백계 사정을 한다는 높으신 양반의
대갈일성 기사가 신문에 실리면
죄 없는 나까지 온몸에 신열이 나고
○○당과 ○○당의 총무가 환하게 웃으며
악수하는 장면을 TV에서 보면
사타구니까지 가려웁고
어느 지방 신용금고를 말아 먹고
감옥살이 3년 만에 풀려난 사람을
목욕탕에서 만났을 때 우리나라에서
돼지 삼겹살이 비싼 이유를 알 것 같고
1억을 받고도 대가성이 없어 무죄라고 우기는
어느 정치가를 보면 속이 메스껍고

어느 30대 사업가는

고급 외제차에 몸을 싣고

산해진미에 100억을 삼키고도 배가 고픈지

공짜 콩밥 먹으러 큰집을 찾아 가는데

새마을버스 요금 300원이 아까운 나는

역삼역까지 30분을 걸어가면서

호주머니 속 100원 짜리 동전 여섯 개와

손가락으로 얼마나 씨름을 했던지

동전 왈 · 별 볼일 없는 사람 만나

괜히 열만 나네!

망호당望湖堂

가까운 고향 선배 한 분이 거문도에서 평생 면 직원으로 근무하시다가 면장직을 끝으로 정년퇴임을 하셨다. 그 후 마을에서 약간 떨어진 외진 곳에 새로이 집을 세우고 부부가 농사도 짓고 때로는 민박을 치며 평화로운 노년을 보내고 있다. 새로 세운 집 마당에 서면 거문도의 거의 모든 풍광을 한눈에 바라볼 수가 있다. 일출과 일몰, 몇 개의 무인등대, 잔잔한 내해內海, 어촌마을 몇 개, 달 밝은 밤의 잔물결, 포구로 돌아오는 고깃배와 밤바다의 어화漁火 등 섬에서 즐길 수 있는 광경은 거의 볼 수가 있는 것이다. 자식들은 모두가 경인지역에 모여 살고 있으니 자식들 곁으로 살러 와도 되련만, 고향을 떠나지 않고 섬에 남아 여생을 즐기고 있으니 이 어찌 부러운 삶이 아니겠는가? 그래서 새 집이 완공되었다는 소식에, 새 보금자리의 준공을 축하하는 의미에서 보잘 것 없지만 한 편의 시를 지어 보내드렸다. 집에서 바라본 거문도의 모습을 나름대로 그린다고 했으나 미천한 능력이 부끄러울 뿐이다. 서예를 하는 또 다른 거문도 출신의 친구가 글씨를 써서 족자로 만들어 보내드렸으니 벽에 걸어두고 가끔 벗들이 생각나면 족자 앞에 홀로 앉아 소주잔을 기울이실지도 모르겠다.

시제는 〈망호당望湖堂〉이라 했다.

1. 落日紅西島
　炊煙綠東島
　飛鷗鳴空天
　漁翁獨垂釣

2. 素輝灩湖上
　松影浮白鵠
　殘燈遠昨夢
　漁舸搖月浪

1. 지는 해 서도에서 붉게 타고
　동도에는 밥 짓는 연기 푸르다
　빈 하늘 갈매기 울며 나는데

늙은 어부 홀로 낚싯줄 드리우다

2. 달빛은 호수에서 반짝이고
   솔 그림자 술잔 속에 떠 있구나
   희미한 등대 불빛 아득히 옛 꿈 같은데
   고기잡이 어린 배 달빛 물결 따라 떠 가네

여그서 그냥 살란다

나 여그서 그냥 살란다
거그면 어떻고
여그면 어떠냐

한평생 살아온 산골마을
세상 찾아 다들 도시로 떠나고도
이 외로운 땅 베고 누워
들꽃 피고 지는 세월을 사랑했으니
나 어디로 간단 말이냐
여그서 그냥 살란다

몸이 으시시 떨리더니 몸살이 났었나보다
늦은 아침 마당에서 나를 깨우는
순돌이 염소 녀석의 음매 음매 소리
방문을 여니
복실이 강아지 녀석이 꼬리를 친다
빨리 일어나란다

앞 텃밭에서 캐온 감자를 삶아

소금에 살짝 찍어 입에 넣을 때

이 맛있는 것을 서울에 있는

손주들에게 먹이고 싶어

끄억끄억 가슴이 메어 오면

보름달 뜨는 밤 마당 명석에 누워

내 새끼들 얼굴 다 볼 수 있고

비 오는 날이면

나의 가슴을 그억코 울리고 마는

처마 끝 낙숫물 지는 소리는

그 옛날 지아비가 즐겨 부르던

수심가 가락에 맞춰

흥에 겨워 두드리던 나의 젓가락 장단소리

이들을 두고 이 땅을 두고

어디로 간단 말이냐

나 여그서 그냥 살란다

모자반의 사랑 노래

나는 모자반이다. 우리나라 남쪽 바닷가나 섬들에서 자생하는 갈색 해조류이다. 바닷가 사람들은 나를 '몰'이라고 부르기도 한다. 다시마나 미역 색깔과 거의 같다고 생각하면 된다. 해안 수심 약 10~15미터 정도 되는 곳에 있는 크고 작은 돌에다 뿌리를 두고 자라며, 성년이 되는 1~2월이면 윗부분이 해수면 위로 떠올라 해안 근처 바다를 뒤덮어 작은 배들의 항해를 방해하기도 한다. 나는 다른 갈색 해조류인 미역이나 김처럼 가을에 성장을 시작하여 한겨울을 보내고 늦은 봄에 생을 마감한다. 사람들은 나를 쓰임새에 따라 식용 가능한 참모자반과 식용으로 쓰일 수 없는 개모자반으로 분류한다. 참모자반은 무침으로 만들어 먹기도 하고, 또 국을 끓여 먹기도 한다. 제주도에서는 '몸국'이라 부르며 즐겨 먹는다. 개모자반은 사람들이 채취를 하지 않기 때문에 늦은 봄에 바다 밑 바위나 돌에서 스스로 떨어져 나와 파도와 조류에 밀려 바닷가에 쌓이거나 멀리 큰 바다로 나가 이리저리 떠돈다. 바닷가에 밀려 쌓이면 사람들은 나를 주워 햇볕에 말렸다가 밭의 비료로 쓰고, 그러지 못한 경우 나는 바닷가 돌 틈에서 파도에 시달리다 분해되어 바닷물을 살찌우는 영양소로 변한다. 혹시 먼 바다로 밀려난 나는 바다 수면 밑에 그늘을 만들어 근처를 지나가던 작은 물고기들이 잠시 쉬어가는 쉼터가 되기도 하고 은신처가 되기도 한다. 육지의 나무가 10미터나 15미터를 자라려면 몇 년이나 몇 십 년이 걸리지만, 나는 불과 몇 개월만에 그만큼 자란다. 그리고 우리나라에서 자라는 해조류 중에서 가장 키가 크고 무성하게 자란다. 내가 만든 바다 밑 숲은 정말로 풍요롭다. 대지가 숲을 키우고 그 울창한 숲이 그 속에서 곤충, 벌레, 새, 어린 짐승 등 수많은 생명체를 키워내듯이, 나 또한 바다 속에서 숲을 이루고 육지의 숲과 같은 역할을 한다. 그러나 내가 이루는 세상은 큰 물고기들을 위한 곳이 아니다. 아주 작고 힘없는 생명체들을 위한 안식처이다. 큰 물고기들이 헤엄쳐 다니기에는 숲이 너무 빽빽하다. 내가 만든 숲에는 플랑크톤이 풍부하다. 그래서 작은 새우들, 해마, 해룡, 그리고 볼락, 자리돔, 도미, 농어, 우럭 등등의 어린 새끼 물고기들이 살아간다. 내가 무성하게 자라는 몇 개월 동안 어린 치어들은 나의 품속에서 안전을 도모하며 몸집을 키워 세상에 나갈 준비를 한다. 사람의 자식들이 세상에 나가기 전 부모의 품속에서 어린 시절을 보내듯이 말이다. 길이가 1센티미터이던 어린 물고기들이 어느덧 3센티미터가 되고, 5센티미터가 되고, 10센티미터가 될 무렵이면 나는 내 몸이 어느덧 쇠잔해지는 것을 느낀다. 돌에 단단히 붙어 있던 내 발과 다리에 힘이 빠지고, 내 몸에는 어느덧 하얀 석회질이 붙기 시작한다. 그때쯤이면 물 위에는 봄이 와 있음을 알 수 있다. 사람으로 치면 흰머리가 보이기 시작하는 것과 같으리라.

한겨울의 차가운 바닷물 속에서 열정을 키웠던 나는 따뜻한 봄바람에 이별의 시간이 가까워 옴을 느낀다. 그리고 생명과 사랑의 노래를 부르고 싶어지는 것이다. '지부장무명지초地不長無名之草'라는 말이 있다. '대지는 이름 없는 풀은 키우지 않는다'라는 뜻이다. 이 세상에 어찌 이름 없고 쓸모없는 풀이 있으랴! 바다가 나, 모자반을 키워냈듯이 나 역시 내 품에서 수많은 어린 생명체를 키워내고, 죽은 후에는 사람들의 먹거리가 되고 대지大地의 비료가 되고 바다의 영양소가 된다. 김이나 미역처럼 사람들로부터 사랑받는 해조류는 아니지만, 나의 생애는 어린 바다 생명체들을 보듬어 키우고 사랑을 주고 떠나는 것이니 나의 이 행복한 일생이 자랑스럽기만 하구나.

향수

1판 1쇄 인쇄 _ 2010년 3월 2일
1판 1쇄 발행 _ 2010년 3월 6일

지은이 _ 박보기
펴낸이 _ 김승현
펴낸곳 _ 스튜디오 본프리(www.born-free.co.kr)

등록 제300-2004-72호 (2002년 2월 8일)
주소 서울특별시 종로구 혜화동 26-6
전화 02-742-2352(편집) 02-714-4594(영업)
팩스 02-742-2353(편집) 02-713-4476(영업)
이메일 master@born-free.co.kr

편집 · 사진 _ 문성기
북디자인 _ 글빛 · 이춘희
출판제작 _ GS 테크
영업관리 _ 박상율

값 8,000원

잘못된 책은 구입하신 곳에서 교환해 드립니다.

ISBN 978-89-91909-17-5 03810